JN228996

アメリカ居すわり一人旅

群 ようこ

角川文庫
21413

目次

強制送還に脅えた日

私は十八歳から二十歳の間、守銭奴《しゅせんど》と化していた。ニューヨークへ行くためである。当時学生だった私は、資金集めのため必死の思いでアルバイトをしまくった。授業が終ってから夜九時まで延々と働きつづけ、翌日学校へ行くと、ずーっと図書館で寝ていた。そして夕方になるとパッと起き、目をランランと輝かせながらバイト先に行った。そういう生活が続くと学校に行っているのがバカバカしくなり、急遽《きゅうきょ》バイトの時間帯を、朝九時から夜九時という十二時間労働に切りかえた。ただ貯《た》めることしか考えず、弟を脅してブン取った靴下に穴があくと、ツギをあててはいていた。洗濯物が乾かずに着る物がなくなったときは、勝手に弟のタンスからトレーナーやセーターを持ち出して着ていた。

年頃《としごろ》の女にあるまじき行為をしている私にとっての、唯一《ゆいいつ》の心のささえは、

「アメリカ大陸に行けば、何かがある！」

それだけだった。ものすごく楽しいことばかりが起きそうな気がしていた。できれば、〝むこうに住んでいる人と結婚して、もう日本には帰らない〟を第一目標にした

かった。テレビや映画でしか知らないアメリカの男は非常に人間ができていて、家事も手伝い、仕事もやり、よく遊び、何日も風呂《ふろ》に入ってない、ということもなさそうだった。大学の同じクラスの男は、女は家にいればよいだの、美人が一番だの、私の神経を逆ナデするようなことをいい、そのくせフケだらけの頭をボリボリ掻《か》きむしって、道路にツバを吐くどうしようもない奴らばかりだった。しかし、これから私が踏む土地はきっと日本と何かが違うだろう。私はもともと胸板が厚い胸をよけいふくらませ、まだ見ぬ大陸に夢や希望、その他すべてを託していたのである。

ところが、私がウキウキとうかれている一方で、アメリカへ行った娘は皆暴行されるもんだと思いこんでいる我が母は、私の貞操をどのように守るかを日夜考えていた。ある日、ラジオに出演していたタレントが、ニューヨークで黒人にとり囲まれたとき、空手《からて》の真似《まね》をしたら顔色を変えて逃げていったというのを聴き、私にそれをやれという。

「テヤーッとやってみな、テヤーッと！」

といいながら私の目の前で空手の真似をしてみせるのであるが、どうみてもスペシウム光線を発しているウルトラマンとしかみえない。

「フン」と鼻で笑ってとりあわないでいると今度は本気になって怒りはじめる。仕方なく、

「テヤーッ」とやると、

「もっと迫力を出しなさい！　迫力を！」とどなるのである。それから母親は私がちょっとでも横を向いたりしたスキにバカッと頭に片手チョップをくらわし、

「スキあり！」と叫ぶ。何で私が塚原卜伝《ぼくでん》みたいにならねばならぬのかと思ったが、まあこれも親孝行のひとつと思って毎日毎日、

「テヤーッ」のけいこをしたのであった。

出発の前日、私の悪友が集まってお別れパーティなるものをしてくれるというので、ホイホイ喜んで行ってみると何やらみんなでヒソヒソ相談していた。

「なにしてんの？」ときくと、

「飛行機が落ちてあんたが死んだとき、形見分けで誰がどの本もらうか決めてるの」

とほざくではないか。

「ちゃんと遺言状書いてってね」

「吉本隆明著作集ちょうだいね」

「私、植草甚一スクラップブックがいいな」と勝手なことをいう。腹は立ったものの実際何が起こるかわからない。一世一代の洋行を明日に控え、私は白い便箋《びんせん》に遺言をしたため、机のひき出しに入れて眠りについたのである。

次の日、羽田空港のロビーで私は呆然《ぼうぜん》としていた。Tシャツにジーンズ、スニーカ

ーをはき、肩からはアルバイトで稼いだ全財産をいれたショルダーバッグのタスキがけというでたちで、今さらながら事の重大さに驚いていたのだ。自慢ではないが私は全くといっていいほど英語が喋《しゃべ》れない。相手の言っていることは少しはわかるが英文の組み立てが出来ないという、日本の英語教育の歪《ゆが》みを一身に背負ってしまっていたのである。セルロイドの青い眼のお人形が横浜で、

〝私は言葉がわからないー、迷子になったら何としょう〟といえばかわいらしくて手助けもしたくなろうが、土でこねて雑に作った金太郎みたいなのがケネディ空港で、

〝私は言葉がわからないー〟といっても、いいとこ売春窟《ばいしゅんくつ》に売りとばされるのがオチであろう。

私が期待と不安で胸がドキドキしているというのに、母は滑走路のジャンボジェットをながめながら、

「なんであんなデカくて重いもんが飛ぶんだろう」とブツブツ言っている。十四時四十五分の出発が間近になり、私がノースウエストの機内に入ろうとすると、母は見送りのゲートのガラスにへばりつき、隣りにいる外国人が変な顔をしているのもかまわず、テヤーッ、テヤーッとウルトラマンの格好をして必死に手を振っているのであった。

私は生まれて初めて乗った飛行機が国際線、かつ外国の会社の経営、おまけに私は

ろくに英語が喋れない、ということもあって、明らかに顔がひきつっていた。乗務している客室乗務員も、顔、形よりまず力といったような人ばっかりで、ドリンクの注文を取りにくるときも、

「お客様、何になさいますか」

というかんじではなく、

「はい、あんたは？　コーヒーね！　ミルクは？　よし、次、その隣り！」

とみごとに機械的な応対ぶりで、あまりの愛想のなさに少々驚いた。でもニコニコ満面に笑みを浮かべてもらって笑いながら墜落するよりは、愛想がなくても無事到着してくれたほうがありがたいのである。ちょっとでも揺れるたんびに心臓がドキドキした。これで私の人生は終りだと思った。だんだん頭がクラクラしてきた。どうしたのかと思ったら、私は知らず知らずのうちに、両手のこぶしをギッと力いっぱいに握りしめ、肩いからせて背骨を垂直に保っていたのであった。気合いを抜くとすぐ飛行機が墜落しそうな気分になり、エコノミークラスのシートで、私は一人機長になりきっていたのである。すると、誰かポンポンと私の肩を叩《たた》く。隣りの席のピーター・セラーズのような顔をした外国人のおっさんが、ニコッと笑いながら何かいってくれた。私はそのとき初めて、隣りの席に誰が座っていたのかがわかった。それほど私の頭の中は緊張で真っ白、視界は目の前三十センチのみになっていたのであった。そのおっ

さんは、いろいろと話しかけてきた。

必死のヒアリングの結果、BOACの社員で日本での仕事をすませ、シアトルに帰るところだという。

「アーユーアスチューデント？」

「オー、イエース」

このへんはまだいい。

「ナントカカントカ、スタディアブロード？」

とかいい出した。ナントカカントカの部分が全くわからんかったが留学するのかときいているのであろう。

「実は私の母の知りあいがニューヨークに住んでおりまして、その方に身元引受人になっていただいて大学の休みを利用しているわけなのです」などという語学力はまるでないので、先の質問の答えも、

「オー、イエース」なのである。大した問題ではないのである。するとおっさんはニコニコして、

「ナントカカントカ、アイライクジャパニーズムービー、ナンノカンノ、ガンジラ、ガンジラ」と言うのである。日本の映画が好きなのはわかったが、そのあとのガンジラというのがわからない。私のケゲンそうな顔を見ておっさんは、

「プシュー」と言いながらノソリノソリと歩く真似をしたのであった。

「あっ、ゴジラだ！」

　と日本語で叫ぶとおっさんは、

「イエス、イエス、ガンジラ」と言うのである。やっと意思の疎通がはかられ、私ら二人はニコニコして握手なんかしちゃったのである。せっかくここまで友好関係が保たれたのであるから、円谷《つぶらや》プロ関係でせまれば何とか場がもつであろうと思い、

「エーと、ドゥユノウ、あの、モスラ？」ときいてみた。するとおっさんのニコニコ顔が急に険しくなり、

「ホ、ホワット？　ナンノカンノペラペーラペラ……」と喋《しゃべ》りまくるのであった。不可解なことは許せないという雰囲気であった。私は先ほどまでの友好関係をもちなおそうと、

「あの、その、イッツ、えーと、ビッグアグリィバタフライ、えーとモンスターバタフライ」

　と必死になったがおっさんはますます日本人許すまじという剣幕で、語気強く、

「ペラペラ……」とまくしたてるのである。

「えー、あの、あの、その……」とその気迫におされてたじたじとなって口ごもっていると、ますますマシンガンのように、

「ナンジャカンジャペラペーラノナンノカンノ」と口角泡をとばすのである。

私が捨身で、

「ザ・ピーナツ、ザ・ピーナツ」とわめいても、ますます話は混乱するばかりで友好関係は戻らず、お互いシラケたままジャンボジェットはアメリカ大陸への第一歩、シアトルへと到着したのであった。

ここで乗客はいったん機外に出て入国チェックをうけ、一路ニューヨークへと向かう。私はタスキがけにしていたバッグの中からゴソゴソと身元引受人のさくらおばさんの英文の手紙とパスポートを出し、入国チェックを待つ人々の列のうしろに並んだ。団体客、家族連れ、新婚さん、皆何事もなくスイスイと通過していった。さて、私の番である。チェックをしているのは外国人の全然笑わない無表情の鉄仮面のような男と、顔いっぱいにソバカスがある女であった。日本人の曖昧《あいまい》な笑いは誤解を招くと本に書いてあったので、なるべく印象をよくしようと思い、やたら歯をみせてニッカニカと笑ってみせた。ソバカス女のほうは手紙をみてフンフンとうなずいて納得していたのに鉄仮面のほうは、

「ノー、ノー」

と言って首を横にふるのである。そしてジロッと私のほうをみて、またソバカス女にむかって首を横にふるのだ。あまりの態度のデカさに頭にきて、

「何がノーだ、ばかもの、お前は大統領か！」と言いたくなったが語学力もなく、考えてみればこの鉄仮面に嫌われたら、私はアメリカ上陸のために必死で過酷な労働に耐えた二年間がすべてムダになってしまうのだ。〝おしん〟の忍耐はむくわれなければならない。思えばつらい日々であった。神奈川県の座間《ざま》までいって砂あらしにふかれながら番地表示プレートを電柱に打ちつけるために歩きまわり、仕事を終えてホッとしたとたん道端の犬のフンをスニーカーで踏んづけてしまった日。万引き少年を追いかけて本屋の階段からころげ落ち、しこたまお尻《しり》をぶつけた日。あの日々を忘れてならじと必死に愛嬌《あいきょう》をふりまいた。しかし鉄仮面は手ごわく、首を横にふり続けるばかりである。

「どうしてなのよ!!　ちゃんと身元引受人の手紙だってあるじゃないの!!」。思わず日本語でどなった。今までニッカニカしていた東洋人が、急にちっこい目をひんむいてわけのわからない言葉でわめき出したものだから、鉄仮面とソバカス女はあっけにとられてお互い顔を見合わせ、私の顔をじーっと見ていた。内心、「このまま日本語でわけのわからないままわめき続ければ、閉口して入国をＯＫしてくれるかもしれない」と思った。突然ソバカス女が何を思ったか急にどこかへバタバタと走っていってしまった。鉄仮面と私はお互い暗い顔をしてブスーッとしていた。

あとから来た旅行客はどんどん私の前を通りぬけていき、とうとう私だけが残されてしまった。すると向こうからソバカス女がキオスクにいるような中年のおばちゃんをつれてやってきた。そのおばちゃんは私の顔を見るなり、

「あなたですか、急に錯乱したという人は」と言う。ソバカス女は日本語が喋《しゃべ》れる人間を捜し出してきたのである。

「はっ、いえ、あのー、身元引受人の手紙もちゃんとあるのに、ここを通してくれないんですけど」と私がフクレッつらをして訴えるとおばちゃんはその手紙を斜め読みし、

「そうねえ、団体じゃなくて個人の女の子の一人旅っていうのは許可されないことがあんのよね。男みつけて結婚してそのまま居ついちゃったり、隠れて働いたりする」と冷たく言う。以前にこの地にやってきた女どもは、私がこっちでやりたいと思っていることをみんなやってしまっていた。しばらく考えたあとおばちゃんは、

「ま、とにかくニューヨークについたら身元引受人と一緒に入国管理局に行きなさい」と事務的に言った。

「あのー、もし入国許可にならなかったら私はどうなるんでしょうか」。小声で聞くとおばちゃんはつれなく、

「強制送還だね」と言い放つのであった。

「えっ、強制送還……」

頭の中で「密入国」とか「捕虜」とか「敵中横断三百里」などという言葉がグルグルかけめぐった。おばちゃんは呆然《ぼうぜん》としている私を無視して鉄仮面にゴショゴショ何やら話し、やっとこさ私は解放されて再び機内の人となったのである。

出発時、期待と不安でドキドキしていた胸にはみごとにポカッと大きな穴があいてしまい、罪人になったような気がした。

「まあ、いいや。飛行機に乗れたから……」とつまらないことでおのれを慰めても気分はおちこむばかり。それに反して他の乗客はニコニコと楽しそうである。窓から見える景色にキャッキャキャッキャッと喜んでいる。くそ面白くもないのでフテ寝している間にジャンボジェットは無事にケネディ空港へと到着してしまった。

空港ロビーでは恋人を待っていたのであろうか、あっちこっちで外国人どもが熱い抱擁をしている。どれもこれも面白くないことばっかりである。私を待っているのは名前こそ〝さくらちゃん〟といってかわいらしいが、実は清川虹子のような顔をしたおばさんなのである。出口をまちがえたかと思って荷物をひきずりながらウロウロしていると、向こうからものすごいデブ男がやってきた。私が今まで生きてきて、あれほどのデブはみたことがないデブであった。

「うーむ、さすが大陸のデブはデブが違う」

私は感心してデブ男をみていた。太モモが私の胴体ほどあった。私は外国人は皆細身でカッコイイもんだと思っていた。それは島国から一歩も出たことのない女の妄想であることを、空港を行きかう人々を見ていて悟った。みんながみんな、ロバート・レッドフォードじゃないのである。だいたいにおいて皆赤ら顔、もしくはソバカス、おまけにトウモロコシのようなバサバサ頭か、若いのにすでに半禿頭《はんとくとう》。腹はジーンズのベルトの上におおいかぶさり、Tシャツからニョッキリ出た腕は毛だらけで、むさくるしい。

「そんなはずはない。まさかこんなへんてこなのばかりではあるまい。根気よく、こまめに捜せば掘り出し物もきっとある」

私は不動産の物件を捜しているようなことを考え、男ばかり観察していたのだが、ハッと我にかえった。こんなことをしているヒマはない。私はタラコくちびるに会わないと、このまま異国の地で路頭に迷ってしまう。どいつもこいつも背が高いから、いくら私がぴょんぴょんとびあがっても何も見えやしない。仕方なくそばにあった椅《い》子《す》の上によじのぼってあたりを見回していると、ハンチングをかぶった中年男と目が合った。

するとそいつは私にむかってニッコリ笑い、手をふりながらこっちに向かって走ってくるではないか。

「あっ、もうナンパされてしまった」と一瞬顔がひきつった。日本の目の細い子は外国へいくとモテるとだれかがいっていたのを一縷《いちる》の望みとしてきたが、私はデヴィッド・ボウイみたいな男にナンパされたいのであって、あんなジェリー・ルイスみたいなおっさんではいやなのである。あからさまに逃げるとヤバイので、そっちの方を見て見ぬフリしてそーっと椅子から降りズリズリとカニさん歩きで横にずっていった。ところがその男はますます大きく手をふり、手に持っている紙を一生懸命指さす。一体何してるんだろうと思ってその紙を見ると、そこにはへったくそなオカッパ頭のずんぐりした三頭身の女の子の絵が描かれていて、そばにJAPANESE GIRLと朱書きまでしてあった。

おっさんは息をきらせて私の肩をバンバン叩《たた》き、ニコニコしてかたことの日本語でいった。

「ワタシ、サクラノトモダチネ。サクラキョウコレナイ。ダカラホテルマデ、アナタトドケル。アナタトアエテグッドネ。アナタミテ、スグワカッタヨ」とほざくのであった。どいつもこいつも頭に来るヤツばかりである。

そのおっさんは私にむかって、

「ワタシハサムデス」といってまたニコニコした。よくよく顔をみるとスタイリーのコマーシャルに出てくる、

「ワタシニデンワシテクダサイ」という人にも似ていた。ボーッとしている私の手を

ひいて彼は空港の駐車場へつれていった。車体がデコボコになっているオンボロ車に押しこめられ、私たちは宿泊先になっているらしいホテルへとむかった。おっさんはペラペラ一人上機嫌でしゃべっていた。何言ってんだかよくわからなかったので、私はただ「はあー」とか「ふんふん」とか何の意味もない吐息のような相槌《あいづち》をうつだけである。そのホテルはニュージャージー州のナントカという場所にあること、車で四、五十分かかることなどをしゃべっていた。そしてしばらくすると急に私にむかってしきりに、

「モーテル、モーテル」と言うのである。

「ほらごらん、やっぱしモーテルにつれこもうとしている」。私はしらんぷりをしていた。それなのにおっさんはニコニコしながら「モーテル」と言う。こういう場合大和撫子《やまとなでしこ》としてははっきりとした解答を出さねばと思い、毅然《きぜん》たる態度で、「アイドントライク、モーテル！」と言い放った。するとおっさんはひどく困った顔をして、ニューモーテルだの何のかんのとグチュグチュ言っているのである。

「しつこいなあ、このおやじも」。完全に無視した。無理矢理つれこまれたら目玉の中に指つっこんでやっからな、とひそかに指をボキボキならしていた。

私が力強くモーテルは嫌いだ！　と叫んだので気まずい沈黙が車中に流れた。おっさんは暗い顔をしてハンドルを握り、私はスキを見せまいと後部シートに身を沈めて

上目づかいにじーっとおっさんの背中をニランでいた。

道路ぞいの住宅街がとぎれた所にそのモーテルはあった。しかしそれがどうも日本のモーテルとは違うのである。お城のような形もしていないし、マリリン・モンローが空飛んでるような不気味な噴水もない。どうやらこのモーテルはモーテルと違うらしいと気づいたのは、そこに出入りしている外国人のビジネスマンが皆ひどくかっこいいからであった。思わずニッとホホがゆるんでしまった。おっさんは今までモーテルは嫌いだといってゴネていた子が急にニコニコしたので機嫌が直ったのだと思い、また彼もニコニコしはじめた。フロントで三〇三号室のキーをもらうと、

「サクラアシタクル。サヨナラ」と言って帰っていった。思えば人のいいおっさんであった。その三〇三号室はツインの部屋で広さは二十畳くらいあり、テレビも机もタンスもついていた。セミダブルのベッドの上でトランポリンのようにポンポンはねて、

「わーいわーい」とバカ丸出しで一人でよろこんでいたが、ふとシアトルのキオスクおばちゃんにいわれた「強制送還」という言葉が再び頭の中をかけめぐり、またドドーッと暗くなってしまった。どこをむいても金髪や青い目ばかりではあるが、このままむざむざ日本に帰っても四畳半に本が山積みになっている私の部屋があるだけである。ここは二十畳の広さにセミダブルベッドが二つである。絶対に強制送還なんぞされてたまるか。今までだって、「何とかなるわい」と思っていろんなことをやってき

た。男にフラれたときも、赤点を取ったときも、すべて「何とかなる」と思っていたらそのとおり、みんな何とかなってくれたのである。入国管理局が何だ！　私は悪人じゃないのだ！　とおのれをふるいたたせ、問題はありながらも、とりあえず無事ついたことを、母親に報告せねばならぬ。机の引き出しから便箋《びんせん》をとり出し、

「あたしは元気だ！　もしかしたら強制送還されるかもしれないが、そうならないように、ガンバルぜー!!」

とだけ書いて封をした。家にいるトラちゃんたちは元気でいるかと書こうと思ったが、盛り上がった気分が腰くだけになりそうな気がしたのでやめといた。それからショルダーバッグの中身をあけ、とても海外旅行にきたとは思えない運動部の合宿のような着がえをタンスの中にいれると、もうなにもすることがない。何気なくテレビをつけると昔なつかしい「ちびっ子大将」をやっていた。びっくりすると毛が逆立つ黒人の女の子が出てくるやつである。ガチャガチャチャンネルを回していると「バックスバニー」や今やほのぼのレイクのトレードマークとなった「原始家族」を放映していた。私はすぐ新聞の自動販売機に走り、政治、社会、経済面はすべてすっとばしてテレビ欄にへばりついた。何と今夜十二時からローリング・ストーンズのライブをやるではないか。私はサティスファクションを鼻歌でうたいながら、

「晩ごはんは下のレストランだぜ！　何事もトライなんだぜー」と大胆に決めてしま

ったのである。

レストランでの注文は多少なりとも自信があった。NHKのテレビ英語会話で一緒に唱和してお勉強したからである。美人のウエイトレスのお姉さんにまずグリーンサラダを注文した。次はアメリカの肉はひどくまずいときいていたので肉は避けてエビ料理にした。メニューの細かい部分は全然わからないので「シュリンプなんとか」というその中で一番安いのにしておいた。十五分くらいしてまずグリーンサラダが登場した。文字どおりグリーンサラダであった。直径二十五センチくらいのボウルに生のホウレン草がどわーっと山盛りになっていて、申し訳ていどの色どりにユデ卵の輪切りがのっかっているだけ。ホウレン草を生で食べたことなんかなかった私は胸に一抹の不安をのこしつつ口の中に入れた。

「ぐぐぐ」。思わず吐き出しそうになった。エグイというかニガイというか、ホウレン草のアクが全然ぬけていないのだ。だんだん口の中がしびれてきて感覚がなくなってきた。途方にくれているところへタイミングよくウエイトレスがまたお皿をもってきた。

「よし、これで口直しすればいいんだ」とナイフとフォークを手に持って、さあ喰《くら》わんと皿の上を見て仰天。半透明の小石が敷きつめられてその上にスシネタのように広げられたエビが放射状に二十四ほど並べられ、中央にはとかしバターの入ったガラスの器が置いてある。たったそれだけ。しかもエビはその小石の上でプスプスと音をたてている。私は西洋料理のバターとかホワイトソースのたぐいがひどくニガ手なので、もちろんとかしバターなんか見ただけでオエッとなってしまうのだ。しかしこれを食べないと晩ごはんぬきになってしまう。そんなことは耐えられない。

「そうだ！　人生はトライだ！」と我が身をふるいたたせエビにフォークをつきさした。するとその小石がゾロッと身にはりついてくる。エビのニギリの御飯部分が小石になっていると思っていただければよろしい。必死にナイフでひきはがそうとしたが、しっかと身にはりついていて、無理にひきはがそうとするとエビのほうがグチャグチャになってしまうのだった。仕方なくそれをそのままドボッととかしバターにつけ、口の中でかんでみるとその異様なボリボリッという音とともにものすごい味がした。

「びえー。しょっぱい！」。小石だと思ったのは岩塩であった。生まれてはじめて岩塩をかじった口の中は先ほどのにがさと相俟《あいま》ってもうシワシワになっていた。しかしあとエビは十九匹も残っている。しかしこれは岩塩のエビ寿司である。残すのはもったいないし、どうやって食べてやろうかと悩んでいると、そこの店のオーナーがやってきて、私が日本人ではじめてのお客だとか何とかいいながら挨拶《あいさつ》するのであった。

「はあ、もう全くベリーグッドで……」と泣き笑いの表情でお答えした。彼が立ち去ってからはもう恥も外聞もなくエビを皿の上に横たえ、ナイフでゴシゴシしごいて岩塩をこそげとり、何もつけないで口の中に放りこんだ。またこのエビが異常に泥くさくてマズい。経費節約のため、お姉ちゃんが近くの川でザリガニを取ってきて、それを出しているのではないかと思った。味わってなんかいられず、ただのみこむだけ。岩塩のエビ寿司はどうにかこうにかクリアしたが、ホウレン草だけは全くダメだった。残るはデザートである。これは前代未聞のものが出てくるわけがないので余裕でカスタードクリームパイを注文した。

「ああ、もう本当にこれで口直しをしよう」とくたびれた体にムチうち、デザートの登場を待った。きた。待ちわびたカスタードクリームパイがきた。三度目の仰天。これがまたでかいのなんの、直径十五センチ、高さ七センチ、一番上にベトーッとチョコレートシロップがかけてあり、おまけにその横には高さ十センチでホイップクリームが堂々ととぐろをまいている。見ただけで胸がいっぱいになった。皿の上が満艦飾なのである。おそるおそる一口食べると全体がチクロでできているのではないかと思われるほど甘ったるい。楽しみにしていたアメリカ初日の晩ごはんは「にがい、しょっぱい、あまい」の恐怖の三段責めだった。

私はしびれた舌をべろべろしながら部屋に戻った。ドッと疲れてしまった。

「そうだ、はやくお風呂《ふろ》に入ってさっぱりしてローリング・ストーンズを観よう!」とバスルームのドアを開けた。それから十分後、そのバスルームにおいておぞましい事件が起ころうとは誰が予想できたであろうか……。

私はヨタヨタとバスルームの方に歩いていった。ドアを開けたとたんとび上がりそうになった。暗がりの中に何かが立っているのである。

「ギャッ」と一歩退いてよくよく見るとそれは疲れた顔をした私の姿であった。何とバスルームの中が全面鏡。やっぱりモーテルなのであった。

「うーむ」

風呂に入るということは裸になるということである。まわりが鏡だということはそれが全部丸見えになってしまうということである。ガマガェルならおのれの姿をみて脂汗を流して商売になるが、いくら私がそうしたとて何の役にも立たない。ウチの風呂場の鏡は肩までしか映らないので、そこらへんまでの肉体的状況は把握しているのであるが、今回の場合は私が最も恐れている臀部《でんぶ》及び大腿部《だいたいぶ》が大胆に露呈されてしまうのだ。

「そうだ、まわりを見ないようにしてうつむいて入ればいい」と簡単に結論を出し、服を脱いでいる間もずっと下をむいていた。

目の前には洋式バスが寝そべっている。

「一体私は何を最初にしたらいいのだろう」

と悩んだ。ともかく壁面に映っている自分の姿を隠すため、空《から》のバスタブの中に座った。さて湯を入れようとシャワーのコックを見ると、水と湯の表示が何もないのである。私は「そうか、さすがアメリカ。いつも適温に保ってあるから表示する必要はないんだ」と思って力いっぱいコックをひねった。

「ギャーッ」

頭の上から落下してきたのは冷水であった。反射的に逆方向にコックをひねると今度は湯けむりをあげて熱湯が出てきた。私はあわててバスタブからとび出した。熱湯はドドドーッと音を立てて落下している。もう私の体はまっかっか。

「わーん」。風呂にも満足に入れない自分が悲しくなってきた。体にバスタオルを巻き、ああでもないこうでもないとコックをいじくりまわした結果、やっと温度調節のコツをのみこんでだんだんいい具合になってきた。バスタブにもどんどん湯がたまってきた。

「よしよし、これでやっと入れる」とニコニコしながらバスタオルをかなぐり捨て、左足をその中に入れたとたんツルッと足がすべり、股《また》を開き諸手《もろて》を上げたまままみごとに浴槽の中ですっころんでしまったのだった。

「グボゲボガボ……」と私は口からブクブク泡をふいてバスタブの中で必死にもがいた。「こんなところで死んでたまるか」とバスタブのふちに手をかけ、やっとの思いで顔を出した。その間も下半身はズルズルとバスタブの中でじっとしておらず、どうもおさまり具合がよくないのである。どうもバスタブの材質と私のずんぐりと丸い体型が相容《あいい》れないようであった。

「これではダメだ、湯をぬいてしまったほうが安全だ」と満身の力をこめて栓をひっこぬいた。ズゴーッという音をききながら、私は「どうしてブリジット・バルドーは優雅に泡風呂《あわぶろ》の中に入って、おまけに片足なんか上げたりできるのだろうか」と考えた。生まれた時からこういう風呂に入っているから慣れているのか、何か別の理由があるのか、私には全くわからなかった。仕方なくシャワーだけあびて体をふこうとすると、あたり一面水びたし。私はアルキメデスのようにバスタオルを体に巻きつけ、ボストンバッグの中から、「海外旅行の心得」という本をとり出し、外国における風呂について何か書いてないかと捜した。あった。

「洋式バスではまずカーテンの裾《すそ》をバスタブの中に入れます。これはまわりに湯を散らかさないためです。そしてすべりどめのゴムマットをバスタブに敷きます」と書いてあるではないか。私はこんな透明なカーテンなど何になる、と隅っこに垂らしたままんま。イボイボのゴムマットも風呂上がりに足の裏で踏んづけるアメリカ式青竹踏みみたいなものかと思ってほったらかしにしておいたのであった。

「そうか、そんなに重大なものだったのか」

私はあらためて感心し、次を読むと、「とかく日本人は不作法でバスルームを水びたしにしたまま、ホテルのメイドに掃除をさせているというのを耳にしますが、こういうことこそ外国人に軽蔑《けいべつ》されるのです」とある。私はここのモーテル開業以来はじめての日本人である。とりあえず日本人代表である。私がドジをふんだら日本人が皆バカにされるのである。あわてて服を着てバスルームの床掃除にとりかかった。ところが床をふくモップとか雑巾《ぞうきん》とかが全くない。仕方なく今まで体に巻いていたバスタオルではいつくばって床をふいた。けっこうこれが疲れるのである。ぜえぜえいいながらも何とかきれいにした。ところが、

「ああ、終ったあ」と立ち上がろうとしたとたん、バスルームの中にある便器にみごと頭をぶっつけてしまった。

「あたたた……」と私は床の上につっ伏した。何かにたたられているのではないかと思った。アメリカ上陸一日目にしてこの体たらくである。やっぱり強制送還されたほうがいいのかしらなどとだんだん弱気になっていった。

突如ジリジリと部屋の電話が鳴った。後頭部をさすりながら何事ぞと受話器をとると、ききおぼえのあるダミ声がきこえてきた。

「ハロー、ジスイズサクラ、スピーキング、ガハハハ、ちょっとお、元気ィ？」

タラコくちびるのさくらおばさんであった。またドーッと疲れがでてきた。

「もう私メチャクチャなんだから。入国管理局へいかなきゃならないし、食事はマズ

いし、風呂ではひっくりかえるし、便器に頭はぶつけるし、ろくなことがないわよ！」

と私はおばさんが諸悪の根源のような気がして怒りをブチまけた。しかしむこうは少しもあわてず、

「あんたここまできてそんなことやってんの、バカだねぇ。ま、入国管理局へは一緒にいったげるからさ。じゃ、またね」と勝手に電話を切ってしまった。

「いいわい。もう誰もたよりにしないぞ」

楽しみはストーンズのライブだけであった。テレビをつけるといままさに始まろうとしていた。ミック・ジャガーがキンキラキンの飾りのついたブルーのジャンプスーツを着て出てきた。「キャー、ミックが出たあ」と身をのり出した。一生懸命観《み》ているのにだんだん視野がせまくなってきた。どうしたのかなぁと思っている間に、何がなんだかわからなくなっていった。はっと気がつくと次の日の朝であった。一縷《いちる》の望みであったストーンズのライブも睡魔のために見逃してしまった。ヨダレでシミのついたTシャツを着たまま、私は途方にくれてしまったのである。

部屋のカーテンを開けると、目の前は高速道路で、当然ながら外車がビュンビュン走っていく。太陽はサンサンと明るくでっかい。視野をふさぐうるさい看板がない。緑もたんとある。ここは日本ではないのである。本場の英語を学ぼう、とかミュージ

カルが好きで好きでたまらないから、ぜひブロードウェイで観たかったと意気込んでアメリカ大陸にきたのではない。もちろん観光でもない。ただ単に、ボーッと飛行機に乗って、ここまで運ばれて来てしまったという感のほうが強いのであった。私が十八歳のときタラコが、

「あんた、学校を卒業する前に海外旅行ぐらいしときなさいよ。あたしんとこに来ればホテル代はタダだし、おこづかいと足代だけあれば十分よ」

といったときは完全にまいあがった。何とかして金を貯《た》めねばと必死になった。道ばたに落ちているビンのフタさえ百円玉にみえた。ところが、いざアメリカ大陸に足をおろすやいなや食べ物にたまげ、フロに入っては溺《おぼ》れ、日常生活の基本からかんばしくないことばかり起こるのである。「だいたい私が今いるのはニュージャージー州で、ニューヨークではない。たしかタラコのアパートはニューヨークにあるはずなのに、どうしてあたしはこんなところにいなきゃならないのか」。どうしてこんなに落ちこむんだろう、とよくよく考えてみたら、腹が減っていたのである。胃袋から手が出るほど物を食べたいのだが、昨夜のおぞましい一件を考えると、ついついレストランに出向く足もニブる。まあ、朝っぱらからへんなものは出ないだろう、とヨダレのあとのついたTシャツを着がえて下に降りていった。

このモーテルで私は明らかに異質な存在であった。他の客はアタッシェ・ケースを

持った白人のビジネスマンばっかり。もちろん堂々たる体軀《たいく》をきちっとしたスーツに包んでいる。その前をオカッパ頭のちっこい三頭身がひょこひょこ横切っていくのである。ロビーで打ち合わせをしている彼らは、私が通ると一瞬喋《しゃべ》るのをやめてじーっと目で追っている。

「何だ、あれは」

というかんじであった。レストランに入っていくと、きのう岩塩のエビ寿司を運んでくれたお姉さんが、ニコニコしながら席に案内してくれた。おそるおそるメニューを開くと、そこにはブレックファーストA・B・Cという三パターンしかなくてホッとした。安心してポテト入りオムレツのBセットを注文した。運ばれてきたBセットは本当においしかった。トーストもオムレツもオレンジジュースもコーヒーもみーんなおいしい。私はドンドンとテーブルを叩《たた》き、

「そうなのよ！　こういうもんが、晩ごはんに出てきてほしいのよ」

といいたくなった。別段、私は晩ごはんにフルコースを食べたいわけじゃない。質素でもいいからおいしければよいのである。あんなクソまずい、ザリガニと、とぐろケーキを七ドル五十セントも払って食べるくらいなら、二ドルのこの朝食が三度三度出てきたほうが、ずっとマシである。私がトーストやオムレツをむさぼり喰《く》らっていると、レストランのウエイターやウエイトレスがかわりばんこに、コーヒーはいらない

か、とすすめに来た。ずいぶんいれかわりたちかわり来るなあと、そーっと背のびして厨房《ちゅうぼう》のほうをのぞいてみると、みんなで固まってごそごそやっていた。そして「よし、次はおまえ、行け」というふうに一人にポットを持たせ、背中をドンと押して私のところへ行けと命じているのであった。彼らは私がきれいにたいらげた皿を見てうんうんとうなずき、満足そうであった。そしてポットを指でさし示し、もう一杯どうか、とたずねるのである。NHK英語会話でいってたとおりであった。私はあの人のすすめはうけ、この人のすすめを拒否しては悪いと思って、最後のほうはミルクやダイエットシュガーを山ほど入れて五杯もコーヒーを飲んでしまった。腹の中の三分の二はコーヒーみたいだった。店を出るとき彼らはバイバーイと手を振ってくれた。

「こりゃあ、朝から調子いいぞ」

と気分がよくなってきた。再びビジネスマンの間をひょこひょこ通りぬけ、部屋に戻ってセミダブルのベッドにボケーッとひっくりかえっていた。お腹《なか》いっぱいになって目のカワがだんだんゆるんできたとたん、また、電話がジリジリと鳴った。

「あたしよ、あたし!!」

タラコだった。私はこの未知の土地でたよりになるのは彼女だけなのだが、どういうわけか彼女の声を聞いたとたん、ぐにゃっと脱力感に襲われる体になってしまったようだった。

「あー」

「あーじゃないでしょ。あんた入国管理局に行かなきゃなんないんだから、ボーッとしてないでシャンとしなさいよ、シャンと。日本とちがうんだから。あんたみたいなちっこい目でボケーッとしてたら、すぐ日本に帰されちゃうんだからね」

アメリカでは目のちっこい女は入国拒否されるのか、と文句をいいたくなったが、ここでさからっては今後のことに影響があると思い、ただ、

「うー」

とだけ返事をしておいた。

「明日の二時に弁護士つれて、ホテルにいくからね。わかったね」

すさまじい音をたてて電話が切れた。

きっとそこにはシアトルの鉄仮面男のような係官がたくさんいて、冷たーい目をして私のことをジロジロ眺め、ヒソヒソコソコソ話し合いをして、よし！とかだめ！とかいうのであろう。そういえば弁護士まで連れてくるっていっていた。ということは、法廷みたいに柵《さく》のようなところに立たされて、「ナンジャ、カンジャ」とたずねられたあげく、「あー」だの「うー」だのいってるスキに強制送還の手続きをとられ、あっという間にアメリカ大陸と、さようならーってことになるやもしれぬ。見聞を広めようとしている罪のない人間を、追い出そうとするアメリカの官憲とは、断固戦う

ぞと私はこぶしを握りしめた。しかし、ここはアメリカである。日本で「何とかなる」でやってきても、それがここで通用しないことも考えられる。

私は何となく弱気になり、少しでもまわりの景色を観ておこうと、外に出てみることにした。母親あての「強制送還されないようにがんばる」という手紙をフロントのお兄ちゃんに渡した。フロントのお兄ちゃんはビジネスマンの応対のときは、キリッと眉間《みけん》にシワを寄せてマジメにしていたが、私と話すときは、

「ハァーイ」

といってニギニギしたりして、めちゃくちゃひょうきんになってしまうのであった。どうやら私を一人前の女として見ていないようだった。

「ま、いいや」

私は手をグルングルンまわしながら道路沿いを歩いていった。すると、車に乗っている人が、通りすがりに窓から顔を出して、私のことをじーっと見る。ハッとして着ているものを点検したが別段どうってことはない。しかし通りすぎていくほとんどの車に乗っている人が、じーっと見る。ニコッと笑うとか、手を振ってくれるとか、そういう態度を示してくれるのならばわかるのだが、ただじーっと見られているだけでは、こっちだってムッとする。私は山から人里に降りてきたタヌキじゃないのである。なかには車に乗っている犬まで、不思議そうな顔をして見ている。

「おまえら、そーんなに日本人が珍しいかよお」
といいたくなった。ここニュージャージー州は、ニューヨークから車で一時間くらいのところである。東京でいえば、立川とか八王子くらいの場所ではないか。山奥の閑村ではない。たとえば八王子で日曜の午前中に外国人が道を歩いていて誰がじーっと見るだろうか。それとも私がよほど人間離れしているのかはさだかでないが、ここに住んでいる人は結構田舎《いなか》者なんじゃないかと疑いたくなった。

住宅地の中に入っていくと、日本みたいにブロック塀などなくて、ただ芝生が一面に広がっているだけだった。昔、テレビで観た「パパは何でも知っている」「うちのママは世界一」と同じ風景がそこにあった。花咲き乱れる庭には、カラカラとまわる大きな洗濯物干しがあって、松金よね子に似た金髪の男の子が干してあるシーツの端っこを握ったまま、グルグルと物干しのまわりをまわっていた。私がボーッと立って見ていると、その子と目がバッチリ合ってしまった。彼は口をあんぐりと開け、そこに仁王立ちになった。片方の前歯が抜けていた。私は黙ってニカッと笑ってやった。するとと彼はビクッとして、マミーだとか何とか大声でわめきながら、あわてて家の中に入っていった。しばらくすると、お母さんらしいショートカットの女性とでっかい犬が、何がどうしたのだ、というような顔をしてとび出してきた。その歯抜けのガキは、ハアハア興奮して顔を真っ赤にしながら、私のほうを指さし、ナンジャカンジャとわめいている。お母さんのほうも、最初はアレッというような顔をしていたが、さすがに息子が他人様を指さしているのに気づいたらしく、やめろやめろとガキが水平に伸ばしている腕をピシャピシャ叩《たた》いた。そして、こりゃ悪いことをしたというふうに、少し恥かしそうな顔をして、「ハロー」といった。一緒になってとび出してきた犬も、本能的に「これは御主人様の危機ではない」と悟ったらしく、罪のない顔をして私のことを見上げている。おいでおいでをすると、遠慮がちに太い尻尾《しっぽ》をハタハタと振ったりしてカワイイ。例の歯抜けのガキは生まれてはじめて東洋人を見たのか、お母さんのうしろに体半分を隠して、こっちをみている。お母さんはニッコリ笑ってどこから来たのかときいた。このくらいは私にだってわかる。鳩胸《はとむね》を張って、ジャパン！　と答えた。すると彼女は、半身を隠している歯抜けのガキにむかって、

「おまえは、ジャパンがどこにあるか知ってるか？」

とたずねた。すると彼はモジモジしながら首を横に振るのであった。それを見て彼女は、一瞬気まずい顔をしたがすぐ態勢をたてなおし、学生かとまたたずねてきた。これも行きの機内と同じく、簡単明瞭《めいりょう》な「オー、イエース」ですませた。私はこの地区で見かけるのは珍しい人種ではあるがただの通行人である。まあ、あの歯抜けのガキも世界にはいろいろな人間がいるんだとわかり、良い経験をしたはずだ、と一方的に考えてバイバイすることにした。

「バイバイ」と手を振って歩き出すと、二人も手を振ってバイバイといってくれた。しばらくいってふりかえってみると、そこの家の犬が歩道まで出てきて、私と目が合うと今度は大きくハタハタと尻尾を振ってくれた。犬は日本にいるのと同じ顔をしていた。金髪でもないし目も青くない。言葉もわからないはずだが、カンで〝悪人ではない〟ということをわかってくれたらしい。私はここで、ガンバルゾーという気分がムクムクとわいてきたのであった。

滞在許可は出たものの

ここに来てから、ろくなものを食べてない。そのせいか胃がだんだん小さくなってきたらしく、お腹《なか》もあまりすかなくなってきた。運動もせずカロリーの消費量も非常に少ないので、デブ予防のためにはこれはなかなか好ましい状況ではあった。相変らずベッドの上でごろごろしていると電話がジリジリと鳴った。

「はろー」

間抜けた声で受話器をとると、

「あたしよ！　いい若いもんが、なんというダラケた声をだしてるの！」

いつもの胴間声がガンガンきこえてきた。

「しょうがないでしょ。たるいんだもーん」

「そう、たるいの。それは残念ねえ。これから、家にお呼びしようかと思ったのに」

「ひぇー。いきます、いきます。今すぐいきます」

私はベッドからころげ落ちそうになった。モーテルの裏から、ニューヨークのポートオーソリティー・バスターミナル行きのバスがでているはずだ、とタラコはいった。

私は今までたらんこたらんこしていたのが我ながら信じられないくらい、さっさと身仕度をして下に降りていった。

　せっかくニューヨークにいくことになったのに、ここで迷ってとんでもない所にいったら大変と、フロントのお兄ちゃんに、

「ポートオーソリティー・バスターミナル行きのバスはありや？」

とたずねた。いつも「人里に降りたタヌキ」になる道路が、このあたり唯一《ゆいいつ》のバス通りであった。彼はメモ用紙に地図を書いてくれ、ここはポートオーソリティー行きしか通らない、というので方向オンチの私もホッとした。しかしここにきて何度もあの通りを歩いたが、バスストップを見た記憶がなかった。おっちょこちょいだから今まで気がつかなかっただけだろう、と楽天的に考えてニューヨークにむかって出発したのである。

　ところが、お兄ちゃんが書いてくれた位置には、やはりバスストップはなかった。その地点に立ってあたりを見わたしてもぐるぐるまわっても、「ＢＵＳ　ＳＴＯＰ」の文字すらない。私はあわててモーテルに戻り、フロントのお兄ちゃんをとっつかまえて地図を見せ、

「バスストップなんかないよ」

と訴えた。するとお兄ちゃんは、何いってんだこいつは、という顔をしながら、自

分の書いた地図を見て、

「絶対にここにある！」

といいはってきかないのである。私たちがワイワイもめていると、奥から他のお兄ちゃんまで出てきて首をつっこみ、うなずきながら、

「絶対にここにある！」

という。地元の人に目まで青くされて、きっぱりいい切られてしまったら、

「さいですか……」

といって、ひきさがるしかない。私はすごすごお兄ちゃんたちにいわれた場所に戻って、ウロウロしているしかなかった。しかし、どうしても無いものは無いのである。ところがその時、ぶおーんという大きな音をたてて、目がうつろになっている私のすぐ横を、バスが疾走していくではないか。

「あーあーあー」

と指さしているうちに、バスははるか彼方に走り去ってしまった。お兄ちゃんのいうとおりここにバスが走っているのはわかった。しかし、今の私にはそんなことがわかったってどうしようもないのである。こうなったら歩いている人を誰でもいいからとっつかまえて、バスストップに連れて行ってもらうしかない。ところが、みなさん車でおでかけのようで徒歩の人はいない。イヌは相変らず尻尾《しっぽ》を振ってひょこひょこ

やってきたが、まさかイヌに聞くわけにもいかず、私は道づたいにあっちいったりこっちいったりするしかなかった。

そうこうしているうちに、また二台目のバスが横を通りすぎていった。悲しみがエスカレートしてムカムカと腹が立ってきた。歩道に仁王立ちになって前方をにらみつけていたら、女の人がイヌを連れてやってきた。私は思わず走り寄り、

「バスストップはどこぞ？」

ときいた。すると彼女はニッコリして、腕を水平に伸ばして指をさした。指のさきを目で追ってもバスストップはない。私が不可解な顔をしているのをみて、彼女は、

「ハッハッハ」

と陽気に笑い、私の腕をとって歩きだした。八歩あるくと突然止まり、ボロの木の電柱をさして、

「これだ」

という。停留所をきいているのに、

「どうして電柱なんかを指さすのかなあ」

と、ふと上を見ると、私の頭上五十センチ、地上から二メートルの部分が、白いペンキで塗ってあった。しばし意味がわからなかったが、彼女が笑いながら白いペンキ部分を指さすのでやっと状況を把握した。道路に何本も立っている電柱のうち、白ペ

ンキをぐるっと塗ったものが、バスストップなのであった。私は腹の中で、

「せこーい」

とあきれつつ、親切に教えてくれた女の人に御礼をいった。

「ふーん。これがバスストップねえ」

ボロの電柱に白ペンキを塗っただけの簡単なもんだとは想像だにしなかった。こんなものだったら自分の家の前の電柱に勝手によじ登って、ペンキを塗ったらすぐ私設停留所ができてしまうではないか。

「アメリカには、いろんなものがあるわい」

しばし感慨にふけった。

その白ペンキの電柱の所で、私はずーっとバスを待っていた。三十分ほどしてやっとバスが来た。なにしろ運行予定表すらないので、時計を持っていても何の役にもたたないのだ。バスには五、六人が乗っていた。ほとんどが年寄りばかりだった。私は人々の視線を感じながら、二ドル三十セントの往復切符を買った。ところが二ドル五十セントを払っておつりを待っていても、運転手は知らんぷりをしている。

「チェンジ」

といっても彼は聞こえないフリをしている。

「チェンジ！　チェンジ！」

しつこくいったら仏頂面でやっとおつりをくれた。本当に気を抜くと何をされるかわからない。こっちのバスは日本みたいに「次は……に止まる」とか「揺れるから気をつけろ」というアナウンスがない。年寄りも自分が降りる場所になると、よたよたしながらも席をたち、自発的に降りていくのであった。しばらく行くと静かな住宅地に入っていった。どの家も芝生と木と花に囲まれていて広々としていた。芝生の上には母屋《おもや》と全く同じに造られた小さな家があった。何だろうと思ったら、中から黒いイヌが顔を出していた。かわいいイヌ小屋だった。

「SALE」という大きな看板がかかった家もたくさんあった。どの家も二階建てで大きく、値段は円に換算すると一千万円くらいなのだった。日本の自分の部屋を考えると、私は日本に生まれたことを悔やんだ。

このあたりにくると、バスストップも古電柱に白ペンキではなく、おなじみの丸いプレートにしっかり「BUS　STOP」と書いてあった。モーテルのあるパラムスは、よほどの田舎《いなか》なのかもしれない。次から次へとジイさんバアさんが乗ってきた。そして私と目が合うとニカッと笑ってウインクしたりするのであった。

静かな住宅地をぬけると、あたりは突然工業地帯に変った。あんなに空気がさわやかだったのに急に油っぽい臭いがたちこめ、みんなあわてて開け放していた窓を閉めた。まるで田園調布からいっきに京浜工業地帯に着いたみたいだった。とぐろのようにぐるぐると渦を巻いている高速道路をぶっとばし、トンネルをぬけるとそこは、待ちに待った雪国ならぬニューヨークであった。

ばかでっかいジェットコースター乗り場のようなバスターミナルから外に出ると、様々な人種が路上をうごめいていた。どの人も他人には無関心のようであった。こんなところでぼーっとしていたら、悪いおじさんにさらわれてしまうので、タラコにいわれたとおりアパートに電話しようとした。するとビブラートがかかった声が聞こえてきた。私は電話をみつけるほうが、先決なので無視していたら、さっきよりもう少し大きく、

「May I help you?」

という声が聞こえた。振り返ると、やせこけた奇怪な風体《ふうてい》のバアさんが、満面に笑みを浮かべてにじり寄ってくる。シワだらけの顔に真っ白く白粉《おしろい》をはたき、真っ青のアイシャドウとぼたん色の頬紅《ほおべに》、オレンジ色の口紅が何ともいえぬ雰囲気をかもしだしている。孫のを借りてきたのではないか、と思われるかわいいピンク色のプリントのワンピースには、お地蔵様のよだれかけみたいな白い大きな衿《えり》がついている。そして筋ばった首からは、直径十センチくらいの金色の目覚まし時計がぶらさがっていた。

私はこのバアさんは単に配線がプッツンと切れている人ではないかと思った。しかし、彼女は私の疑いの目にもひるまず、ますます近づいてきた。私はその不気味な迫

力に押されて、「電話をかけたい」といってみた。すると彼女は顔をくちゃくちゃにして、こっちこっちと手まねきして案内しようとした。ところが足元がよたよたとおぼつかないので、私が手をしっかと握っておかないと、道端に立てかけてある映画の看板に、そのまま激突してしまいそうなのだ。どっちがＨｅｌｐされているのかわからなかった。

奇怪なバアさんは配線が切れていたわけではなく、ちゃんと電話がある所まで連れていってくれた。そして報酬を請求することもなく、

「バイバイ」

と手を振って去っていった。あんなとてつもない格好をしていれば、皆じろじろ見るのではないかと思ったが、道行く人々は他人がどういう格好をしていようと、全然気にとめていないのだ。私はおのぼりさん丸出しで人々を目で追いながら、タラコのところに電話をかけた。

「ハロー」

いつものように胴間声がした。

「私だよーん。今着いた」

「あんた、いったいどこに寄り道してたのよ」

いつものように、電気ドリルみたいにがなりたてられた。そこでへたなことをいう

とバカにされるので、

「うー」

といってごまかしておいた。私はタラコが電話しろといったので、車で迎えにきてくれるものとばかり思っていた。ところがタラコは住所をいったあと、

「ストリートとアヴェニューの道路標識をしっかりみてはやく来なさい。あー、それと信号は無視しなさいよ。ボーッと待ってるとすぐ横道に連れこまれて、お金をとられちゃうからね」

と、早口でまくしたてて、一方的に電話をきってしまった。私はおろおろしながら見当をつけて歩きだした。バスターミナルのそばは映画街で、たくさんの人が歩道にたむろしていた。しかし、時間待ちをしているふうでもなく、ただぶらぶらしているだけの人なのである。私はおのぼりさんという立場を隠し、いかにもここの住人だという顔をして歩いていた。突然たむろしていた黒人の若い衆が、私のことを指さし、

「ヤクザ、ヤクザ」

とわめき出した。私は一瞬ハッとした。実は私の小指は生まれつき短めで、長さが薬指の第一関節にとどかないのである。高校生のころ、私が大嫌いだった女の子に小指をつままれ、

「これ、動くの？」

といわれて、張り倒してやろうかと思ったことがあるのだ。だから、私のその弱点を目ざとくみつけられて、からかわれたのではないかとビビッたのである。しかしあの距離からでは私の小指なんか見えるわけがない。私のいでたちを見て「カッパ」とか「どんぐり」とかいわれたのならまだしも、どうしてヤクザなどといわれるのか理解に苦しんだ。

「アメちゃんのいうことはわからん」

無視していると、また、

「ヘイ！　ヤクザ！」

といわれた。

「どこが、ヤクザなんだあ」

私は彼らの首ったまをつかまえてブン殴りたくなった。フンとして歩いていたら今度は白人のガキが、みそっ歯をむき出して、

「ハロー、レディー」

といって近寄ってきた。私は思わずショルダーバッグを握りしめ、みそっ歯を横目で見ながら、

「こいつ、何をする気だろう」

と、様子をうかがっていた。みそっ歯は傍《かたわ》らの映画館を指さし、

「あそこでやっているセルピコを観《み》たいのでボクにお金を下さい」

といった。

「なんたるガキじゃ。学校はどうしたんだ、学校は！　サボってないで、ちゃんといきなさい」

といってやりたかったが、語学力が伴わないので、ムッとしてそそくさと立ち去ることにした。

「どいつもこいつも、何をいってんだか……」

変な奴ばっかりである。

映画館の前には、たくさんの人が並んでいた。何をやっているのかと看板を見たら、高倉健の「ザ・ヤクザ」であった。さっきの黒人が「ヤクザ」といったワケがやっとわかった。単に日本人らしき容貌《ようぼう》の人間に「ヤクザ」といってからかっているだけだったのだ。まあ私にすれば、弱点の小指さえバカにされなければいいのである。

ちっこい目をかっと見開き、道路標識を確認しながら、小一時間かかってやっとタラコのアパートに着いた。そこはタラコの顔には全然ふさわしくない高層アパートだった。私は管理人のおじさんに愛想をふりまいて検問を無事突破し、十一階のタラコの部屋へいった。外観もそうだが、中はもっとタラコの顔にふさわしくなかった。オシャレな女性雑誌のグラビアそのまんまであった。木の床に白い壁、アボカドが三鉢栽培してあり、壁にはリトグラフがかかっていた。

「何、ぼーっとしてるのよ」

タラコは私の背中をつきとばした。

「いい部屋に住んでるんだねえ」

「あーら、そうお。他の部屋も見せちゃったりしようかな」

白慢が得意なタラコは、ヤツデのような手でバンッとドアを開けた。そこはこぢんまりしたキッチンだった。その隣りはベッドルームになっていて、隣りに寝る男もいないくせに、でっかいダブルベッドがあった。

「いいな、いいな、いいな……」

「ひっひっひ」

私たちが、部屋のなかをうろうろしていたら、リビングルームでカサカサ音がした。行ってみたら窓のそばの木をつたって、リスが部屋の中に入りこみ、ビニール袋にはいった殻つきピーナッツをかじっていた。私はペットのシマリスしか知らなかったが、このリスは尻尾《しっぽ》がふわふわして、ネコくらいの大きさだった。

「よく来るのよね。同じのかどうかわからないんだけど。夫婦で来てるのもいるみたい」

とタラコはいった。私は親戚《しんせき》とはいいながら、こんな顔立ちのタラコがこういう部

屋に住んでいるのは許しがたい気がした。私が腕組みして「うーむ」とうなっている間に、タラコはさっさと支度をして、

「中国料理を食べにいこう」

と張り切っている。

「今日行くところはすごいわよ。なんたって、本場モノだからね」

と自信たっぷりなのである。私は牧童に引かれていくヤギさんのように、おとなしく後をくっついていった。

オンボロワーゲンをバスバスいわせて到着したのは、実家の近所の「来々軒」そっくりの小さな店だった。デコラのテーブルが七つに汚ない丸イス。スーツ姿のウエイターではなく、黒ブチ眼鏡に白いうわっぱりの中国人のおじちゃんが、メモ片手に注文をとりにきた。私たちが席についてからとたんに混みはじめ、店の外にはずらーっと人の列ができた。

アルミの楕円《だえん》形のお皿に山のように料理が盛られて、テーブルの上に登場した。そのうちのひとつには、今までみたことがないでかい菜っぱが、ぎとぎとの油のなかで、ちゃぽちゃぽ泳いでいた。

「おばちゃん、私、この菜っぱ食べたことがない」

私は感動してこの菜っぱを食べた。油のなかにどっぷりつかっているのに、全然し

つこくない。私は日本に帰って何年かのち、この菜っぱがチンゲン菜だったことを知った。次はエビが山のようにでてきた。モーテルのザリガーとは違い、ちゃんとおいしいエビの味がした。我を忘れてむさぼりくっていると、どうも視線を感じる。ふと横をみると、家族連れが私が箸《はし》を使うのをじーっと見ている。よくわかるように、ぱかぱかと動かしてみせると彼らは大きくうなずき、手にしていたフォークを捨てて、おじちゃんに箸を持ってこさせた。その中華料理店は大正解だった。特に魚介類はおいしく、最後に大きな焼きハマグリが、お皿に山になって登場したときには、あまりのうれしさで失神しそうになった。

登場した料理をすべてたいらげ、しばしのけぞっているかたわらで、隣りの家族は指をひきつらせながら、箸をつかうのに一生懸命だった。魚を少しずつ口にはこんでいたが、つまむというよりも身をほじくり出しているといったほうがよかった。私はうつむくと食べた物が口から出そうだったので、のけぞった体位のまま、

「やっぱり、ニューヨークはいいなあ」

と思ったのであった。

次の日、タラコはオンボロワーゲンをバスバスいわせながらやってきた。私が緊張で顔がひきつっているというのに、相変らず元気いっぱいである。そして、ベッドの上の私の姿を見て、

「ちょっと、あんた、もうちょっとマシな服はないの？　入国管理局に行くんだよ」

といい、勝手に洋服ダンスを開けて中を点検しはじめた。

「あるわけないよ。日本にいるときだってロクなもん着てないんだから」

「だって、どれもこれもお金がなさそうにみえる服ばっかりじゃない」

「しょうがないでしょ！　だいたいねぇ、ホテルに泊まる必要がないっていうから、ギリギリのお金しか持ってきてないんだよ。ここに泊まっているだけで、毎日毎日どんどんお金がとんでいくんだから！　いったい誰がいちばん悪いか、そこんところをよーく考えてほしいねえ」

私はなるべく嫌味ったらしくいってやったが、タラコは、

「あーあ、今日もいい天気だこと」

などといって、都合の悪いことは、聞こえなくなっているようであった。いくら姉妹だからとはいえ、ここまでうちの母親と性格が似ているとは思わなかった。私はムッとしながら、

「どうして、いい服を着ていかなきゃいけないのよ」

ときいた。するとタラコは、

「バッカねぇ。アメリカだって、旅行者がどんどんお金を落としてくれたほうがいいに決まってるじゃない。貧乏人は来たってしょうがないんだよね」

と、また私の神経を逆ナデするようなことをいう。

「ともかくね、私が持って来た服はこれしかないの。おばさんデザイナーの端っくれでしょ。なんとかコーディネートして、金をしこたま持ってるような格好にして」

私の絶叫に近い声におされ、ふたたびタラコは服を点検しはじめた。

「そういってもねぇ、もとがもとだし服も服だしねぇ。ま、やってみるか」

タラコは、しばらくブツクサ何事かいっていたが、入国管理局の審査官に好かれる服装の候補を作製した。候補といってもふたつしかなかった。ひとつは、当時私が一枚しか持ってなかった緑色のスカートと、これまた一枚しか持ってなかったブラウス。そしてもう片方は、おなじみ、ジーンズに真っ白いTシャツ。

「どっちにすんの？」

タラコは腕組みしながらいった。私はふだん着慣れている後者のほうがよかった。というより、その緑色のスカートをはいたとき、何人もの人に、

「あーら、その足に緑色のスカート。まさしく大根ね」

と、あざ笑われたので、大事な時に着るにはどうも気分がのらないのであった。

「Tシャツのほう」

「あたしも、そう思う。とにかくあんたはスカートが似合わないんだから、変に無理しないほうがいいわ」

と、タラコも賛同したので、これ以上の清潔ファッションはない、という服で審査にのぞむことになった。

ところが、いざ出発という段になって、鏡にうつったおのれの姿をみたら、いまひとつ間がぬけている。タラコに意見を求めたが、

「そーお？　顔がくっついてるからじゃないの」

と、いかにも面倒くさそうにいい放つ。じーっと鏡とにらめっこしていたら、上半身のだだっ広さゆえ、間がぬけているのが判明した。どうしようとキョロキョロとあたりを見まわすと、タラコが白いTシャツに合わせたら、しこたま金をもっているようにみえそうな、しゃれたネックレスをしているではないか。

「おばさん！　それ貸して！」

私は、タラコの首ったまにしがみついていた。さすがの彼女も、しぶしぶそのネックレスを貸してくれた。もうこれで万全である。心残りは何もない。あとは運を天にまかせるしかない。

タラコのオンボロワーゲンは、パラムスにバスバスという爆音を残し、一路入国管理局に向かった。彼女は、高速道路をぶっとばしながら、誰もすわっていない後部座席を、何度も何度もふりかえった。

「どうしたの」

と聞くと、

「だって後ろが見えないんだもん」

と事もなげにいう。

「えっ、バックミラーは？」

そういってミラーがあるはずの部分を見て、私はビックリした。車の両側にあるべきバックミラーが、根元からボッキリともぎとられていたからであった。

「ああ、ない！」

あせってさけんでも、タラコは少しもあわてず、

「そうなの。このあいだ、路上駐車して映画を見たの。終って戻ってみたら、なかったの」

といって平然としている。

「どうして修理しないの？　後ろから車が来たらどうすんのよ」

「だから、気をつけて後ろを見てるじゃない」

「よく平気でそんなことできるわね」

私はあまりの大胆さにあきれかえった。カメレオンじゃあるまいし、一度に前と後ろが見えるわけではないのである。後ろを振り返っているとき、前方はいったいどうなるのだとたずねたら、しっかりハンドルを握っている限り大丈夫。ちゃんと車は走

ってくれるという。私はタラコが鼻歌まじりで振り返っている間、手に汗を握りつつ、しっかと目を見開いて前方をみつめていた。右や左にちょっとでも動こうものなら、すぐさまこの世とお別れになるようで気が気じゃなかった。まさにスリルとサスペンスに満ちた一時間であった。

「ここで弁護士と待ち合わせてるんだけどねぇ」

タラコは入国管理局の前にワーゲンを駐《と》め、あたりをキョロキョロ見渡した。私は借物のネックレスを首からブラ下げ、おとなしく後にへばりついていくだけである。

「どうしたのかしら。ちょっとここで待ってなさい。ウロウロするんじゃないよ」

そういって、タラコはどこかにいってしまった。私はウロウロするな、といわれたのでその場につっ立っていた。一挙手一投足が、監視されているような気がした。しかしいくらなんでも、いつまでもボーッとしているわけにはいかない。タラコにも、

「ちっこい目でボーッとしてると強制送還されるぞ」

などとおどかされたし、外国人に対してキリッとした態度をとらねばならない。

「そうだ。自分が行動を起こさないと何事も始まらないのだ」

私はこぶしをギッと握りしめ、とりあえず現在の置き去り状態を打破するべく、姿を消したタラコを捜しにいった。

彼女は建物の裏手の駐車場にいた。

「どうしたのよ」

　といって走り寄ろうとしたが、どうも様子がおかしい。タラコのそばには、髪の毛を頭のてっぺんでひとつに結んだあばずれがいたからであった。そのあばずれは、ぶっとい腕を組んでニコリともせず、タラコにむかって何やらいっている。

「タラコが脅されている」

　私は、このままそーっと他人のフリをして帰ってしまおうかと思ったが、小学生のときに嫌というほど教えこまれた、

「困ったときは、助けあいましょう」

　という言葉が唐突にうかんできた。あのあばずれがいつピストルをぶっぱなすか、気が気じゃなかった。ところが、おそるおそる二人のそばににじり寄っていくと、タラコは私にむかって手招きをするではないか。そして、じっとしていろといったことも忘れて、

「何をモタモタしている」

　といって怒った。そのうえ憤然としている私に、

「ほら、この人が弁護士のキャシーよ」

　といった。その弁護士というのは、タラコのそばにいたあばずれであった。彼女は、

「ドント・ウォーリー、ノー・プロブレム」

といって、ガッガッと笑った。私もとりあえずは一緒にハハハといったものの、今夜荷物をまとめることになりそうな気配を感じてガックリきた。だいたい、弁護士が来るというから、眼光鋭いいかにもキレモノというかんじの人を想像していた。ところがタラコが呼んできたのは、とんでもない風体《ふうてい》の女だった。赤と白のだんだらジマのサングラスに、イヤリングと呼ぶにはあまりにドでかい耳輪。ショッキングピンクと、真っ赤の手のひら大の花が咲き乱れたワンピース。むきだしの肩からニョッキリでている、太モモとみまごうばかりのご立派な腕。おまけにごっついジョギングシューズまで履《は》いている。私があれだけ着衣に気を配ったのに、弁護士のネエちゃんがこれでは、まとまる話もこわれてしまう。一番嫌だったのはひと言しゃべるたんびにぐひゃひゃひゃひゃと大声で笑い、ぐっちゃんぐっちゃんとガムを嚙《か》んでいることだった。時たま、プーッとふくらませるのをみると、右手でバチッと顔におしつけてやりたくなった。

私が、何に意気消沈しているかをカンちがいしているあばずれキャシーは、その腕でドスドス私の背中をたたきながら、

「ドント・ウォーリー、ノー・プロブレム」を繰り返す。

「あんたが、そのプロブレムの張本人なんだよ!」

といえたらどんなにいいだろうか、と泣きたい気持ちを曖昧《あいまい》にゴマかしていた。許

せないのは、タラコである。

「くそーっ、弁護料をケチりおって」

なにくわぬ顔をして歩いている彼女の尻《しり》を、ケリとばしたくなった。私が新聞や雑誌で見た女性弁護士はスーツぐらいは着ていた。あばずれキャシーはスーツも買えないほどの低収入にちがいない。私は、ひとことタラコにいってやろうと思った。しかし傍《かたわ》らには、件《くだん》のキャシーがいる。考えてみれば、あばずれであろうとキャシーにはなんの罪もない。依頼したタラコが諸悪の根源なのである。私がタラコにむかってぶんむくれて文句をいえば、いくら鋭さのないキャシーでも、

「なんか変だな」

と思うだろう。私は顔はニッコリしたまま、声には憎しみを力いっぱいこめて、

「おばしゃん！　よくも、へんてこな弁護士をつれてきてくれたね！」

といってやった。まさに、笑いながら怒る人と化していたのである。

私の笑い怒りの顔を見ても、タラコは、

「なーにが？」

と平然としている。

「このケチンボ」

「何がケチンボよ」

「何ったって、あれはちょっとひどいよ」

「ひどいって？」

「あれだけ着るものに悩んだのに、弁護士があれじゃあ……くくくくーっ」

私は本当に悔やしくて涙が出そうになった。しかし涙は出そうになっても顔は笑ったまま。そーっとキャシーのほうを盗み見ると、彼女はフフンフフンと陽気に鼻歌なんかをうたったりしている。能天気なタラコとキャシーの間で、ひとり身をよじって苦悶《くもん》しているのは私だけである。

「まあねえ。彼女は趣味のいいほうじゃないけどさ。でも、腕はいいっていう噂《うわさ》だよ」

「あのひと、ちゃんとした弁護士なの？　ただの口がうまいおばさんじゃないだろうね」

「うるさいよ、あんたは」

能天気なタラコもとうとう怒った。いままでにこやかに話しているとばかりおもっていた私たちが、お互いムッとしたのを見て、キャシーはけげんそうな顔をした。タラコはそのへんはそつがなく、ナンジャカンジャとフォローしていたようであった。

するとキャシーは、ニコニコしながら私の肩を抱き、

「ドント・ウォーリー、ドント・ウォーリー」

を繰り返した。安香水のにおいがモワーッとして頭がクラクラした。

私は、キャシーにひきずられるようにして建物の中に入った。そこには私と同じように不安そうな顔をした、髪の毛がチリチリなの、色黒なの、鼻の頭が赤いの、顔が平ったいの、さまざまな人々がいた。キョロキョロしていると、キャシーは私を突きとばすようにして、大股《おおまた》でどこかにいってしまった。

「おばさん、私ここにずっといられるかねぇ」

不安になってタラコにきくと、

「しーらない」

というカンタンなお答えで済まされてしまった。そのうえ、

「ほらほら、あっちにいきなさい」

と、突きとばされた。私はされるがままになっていた。

キャシーが手招きしているテーブルにいった。そこには知的で人のよさそうな半禿《はんとく》頭《とう》の係官がいた。私はおろおろと椅子《いす》に座り、英語でアーデモナイ、コーデモナイと繰り広げられる目の前の光景を体を縮めて見ていた。

件《くだん》のキャシーは係官に対してもとんでもなく横柄だった。斜めに座って足を組み、相変らずガムをグッチャングッチャン嚙《か》みながら、ふんぞりかえって書類を指さしている。私はいつ係官から、

「ノー」

と宣告され、冷たく追い返されるか気が気じゃなかった。ところが彼はフンフンと彼女の話をきき、私のほうをチラッとみたかと思うと、うなずいて手元の書類にTHREE MONTHSと記入した。

「三か月いていいってさ」

タラコはニカッと笑っていった。キャシーもニーッとわらった。係官だけマジメな顔をしていた。建物の中に入ってから滞在許可をもらうまでたったの十分。私はホッとした半面ムカムカしてきた。シアトルにいた、あの鉄仮面男はいったい何だったのであろうか。もったいをつけおって首を縦にふらず、相棒のソバカス女に日本人の係官まで連れてこさせた奴である。私はあれで本当にビビッた。目の前が真っ暗になった。ところが、あんなに気をもんだにもかかわらず、簡単に「三か月いていいよ」といわれたのである。

「ざまーみろ」

私は腹の中でシアトルの鉄仮面にむかっていってやった。

「人をみる目のある人間には、ちゃーんとわかるのだ、ワッハッハ」

こうなりゃ三か月、目一杯いろんなことをしてやろうと決めた。両腕にじわじわと力がみなぎってきた。

私が椅子に座ったまま、ひとりでヘラヘラしているあいだに、タラコとキャシー様は私を置き去りにして外に出てしまっていた。まずは、最大の功労者キャシー様にお礼を申しあげねばならない。

「どういうことになるかと心配でたまりませんでしたが、あなたのおかげでここに居られることになりました。本当にありがとうございました」

と、スラスラいえたらどんなにいいだろうか、と思いつつ、

「THANK　YOU　VERY　MUCH」

で、ごまかしてしまった。それでもキャシー様はでっかい耳輪を揺らしながら、満足そうにニカニカ笑っていた。私も彼女もとてもいい気分であった。そこへ口をはさんできたのがタラコである。どうもこの女は人が楽しそうにしていると、横から邪魔しなければ気がすまない性分らしい。

「ちょっと、あんた。さっきの弁護士料をケチったって、いったいどういうこと？」

「ヘッ？」

「とんでもないのを連れてきたとか、ありゃあ、へんてこだとかさぁ」

タラコはわざとキャシー様に聞こえるように、嫌味ったらしくいった。キャシー様も自分の任務を無事遂行してますます気が大きくなったらしく、私たちの日本語の会話に積極的に加わろうとしていた。タラコの腕をつっついて、私がなにをいっているのか通訳せよ、といっているようであった。これは何とかせねばとアセリ、平たい顔

いっぱいに笑みを浮かべて、

「アタシハ、アナタノテキデハナイヨ」

と、一生懸命アピールした。しかしここでは、キャシー様までこの話題に巻き込むことはない、とタラコはタラコなりに判断したらしく、まあ無難なことをいってごまかしたようであった。タラコが話しおわると、キャシー様はガガとでかい口をあけてわらった。どこまでいっても陽気なオネエちゃんであった。

私たちは駐車場のところで握手して別れた。キャシー様はタラコのワーゲンよりももっとオンボロなアメ車にのって、太モモのような腕を振りながら、ブォーンと音をたてて行ってしまった。キャシー様には本当にお世話になったが、やっぱりどうみても彼女は弁護士にはみえなかった。

でも、もういいのだ。私はこれから三か月居ていいよ、といわれたのである。タラコがお目付け役でいるのが多少問題であったが、誰もいないよりはマシであろう。私は体中希望でふくらませながら、タラコの運転する危険なオンボロワーゲンに乗って、泊まっているモーテルへと急いだのであった。

私は三か月の滞在許可が出たので、いまにもまっぷたつに割れそうなワーゲンに乗っていても、気分はバラ色だった。湿気のないこのすがすがしい場所で、三か月あそんでいられるのである。となると、すぐさまあのモーテルをひきはらわないと、毎日湯水の如くムダ金がでていってしまう。ここでタラコ宅の居候《いそうろう》の件を切りださなければ、と思い「ねえ、例の件だけどさ、引っ越しはいつが都合がいい？」

といってみた。すると、タラコは後方を振り返りながら、

「何が？」

などと冷たくいうではないか。

「えーっ、何がって、えっ、えっ」

私の体は反射的に、九十度タラコ側のほうに向き、思わず彼女の贅肉《ぜいにく》のついた肩をわし摑《づか》みにしてゆさぶっていた。

「だって、だって、うちに泊まればホテル代が浮くからっていったのは、おばさんじゃないのお。だから私、そのつもりで余分なお金なんか持ってきてないんだよ」

私は必死に目をつりあげタラコに訴えた。しかし彼女は、

「あーら、それは大変だ」

と淡々というだけ。自分が発したことばなどコロッと忘れて、単なる部外者としての発言しかしないのである。

「いったいどうしてくれるのよ。せっかく三か月居ていいっていわれたのに、その前にお金がホテル代に消えてなくなっちゃうよー」

「そりゃあ、困ったわねぇ」

タラコは全然困ってない口ぶりでいった。

「どうしておばさんのとこに泊まれないの」

異境の地ですってんてんになるか否かの重要な問題である。これは納得のいく答弁をしてもらわないと、何も喰《く》わなくてもモーテル代で一日二十五ドルがとんでいくハメになる。私は口をへの字に曲げて、横目でじーっとタラコをにらみつけていた。

「泊まったっていいんだけどさ。どっちみちあんたは、モーテルに戻らなきゃならなくなるわよ」

「どうしてよ」

突然とんでもないことをいいだした。

「だってパリにいくことになっちゃったんだもん。ホントは泊めてあげたいけど、まさかニューヨークのアパートに一人でおいておくわけにはいかないでしょ」

「それでもいい」

「ばかー！　もしものことがあったら、どうすんの！」

「そのときはそのときだよー。どこにいたって、起こるべきことは起こるんだからさあ」

「だから、そういうときのために、より安全な所のほうがいいの！」

そうきっぱりいわれると黙るほかはなかった。テキのほうが一枚うわ手だった。あれだけ一生懸命稼いだ虎の子が、ただ毎日ボーッとしているだけでとぶようになくなってしまうのである。頭の中にはイヌのフンまで踏んづけて、アルバイトに精をだした日々のことが浮かんできた。

（せっかく、あのおじさんが、三か月居ていいって、いってくれたのに……。くくく）

ここで涙のひとつも出れば、タラコとて人の子。グラグラと心が揺り動かされ、留守番がわりにアパートに居ろ、といってくれるはずだが、残念ながら私の体質は涙が出るのはおかしいときだけで、悲しいときはムッと顔が下ぶくれになって涙なんかでてくれないのである。まるで底無し沼でおぼれる寸前に引き上げられたかと思ったら、跳《と》びゲリをくらって再び沼の中に落とされたような気分であった。オンボロワーゲンの中は不気味な沈黙が充満していた。私は漬物石《つけもの》みたいにぶーっとしたまま。豪胆なタラコも全責任は自分にあるとわかっているので、タラコくちびるをしっかと結び、横目で私の様子をうかがっている。私はフンと横をむいて窓の外を見ていた。

険悪な雰囲気のままモーテルはだんだん近づいてきた。ところが彼女はひとつ手前の大通りに入っていく。道が違うんじゃないの、と注意する気分にもなれず、

（フン。迷えばいいんだ、バカめ！）

と、何くわぬ顔をしていた。ところがワーゲンは派手な建物の前で停《と》まった。まわ

りにヤシみたいな樹がたくさん植えられていて、場末の温泉場にある「愛の秘宝館」みたいな造りであった。

「おなかがすいたでしょ」

タラコは今まできいたこともない猫ナデ声でいった。そんなもんでだまされてたまるかとムッとした顔面をくずさずにいた。しかし「食べる」ということばを耳にすると、私のほっぺたは突然不随意筋になってしまい、意志とは反対にデレーッとゆるんでしまうのである。機嫌の悪いときにはメシをくえば直るという、私の性格を知ってか知らずか、タラコはズンズン中に入っていった。入口には「南国酒家」と書いてあった。

薄暗い店内は広々としていたが、客は一人もいなかった。しかし十人ほどの東洋人のウエイターはオレンジ色のスーツに身を包んで、ぴたっと壁にへばりついていた。そこへ体を揺すってタラコが入っていくと、彼らはおーっと驚いた顔をして四方八方に散っていった。そこへ黒いスーツ姿の優男《やさおとこ》登場。メニュー片手に、にっこり笑いながら席に案内してくれた。しかしここは「中華料理店」というよりは、店内にもヤシの樹が植えてあったりしてハワイみたいな雰囲気である。注文はすべてタラコにまかせ、私はキョロキョロとあたりを見渡していた。しかしこの店のウエイターたちは、恐ろしいくらい無表情だった。目が合っても顔は固まったまま微動だにしない。その分黒いスーツの男がやたらと愛想がよかった。料理をのせたワゴンをガラガラと押してきて、皿にとりわけてくれるたんびに歯をむいて笑った。私も愛想笑いしながら、そーっとウエイターのほうを盗み見ると、相変らず顔は固まったままであった。ところが私たちが料理を食べはじめると、突然彼らは円陣を組んで背後からじわじわとにじりよってきた。みんな無表情だから恐いのなんの。ホラー映画だったら突然ギロチンばさみで襲われるところだが、実は彼らは食べおわった皿をかたづけたり、ジャスミン・ティーをつぐためににじりよってきたのであった。しかし、オレンジ色のスーツを着た無表情の男たちにかこまれ、食べおわるはしから手をのばして皿をさげられたら、ゆっくり味わってもいられない。味はどれもこれもケチャップの味がして異常に甘い。エビのチリソースのなかに、輪切りになったパイナップルが入っているのにはたまげた。客がいないのもわかったような気がした。

デザートのアイスクリームを運んできた優男は、タラコにむかってどこからきたのかときいた。彼女が自分はニューヨークに住んでいるのだが、この子は日本からきたのだと答えると、彼はにこにこしてうなずいていた。そのやりとりをきいていたのが、顔の固まったウエイター連中である。一人が隣りの男に耳打ちすると、その男がふんふんとうなずき、今度はその隣りにいる男に耳打ちする、といった具合の伝言ゲーム方式で、私たちの出身は彼らに知れわたってしまった。

おみくじが中にはいった三角錐《さんかくすい》の形をしたクッキーをおみやげにもらい、私たちは再び車に戻った。

「ここは、本当に食事は期待できない場所だ」

と、つくづく思った。パリパリとクッキーをむさぼりくっていると、タラコは、

「あのモーテルの支配人は知り合いだから、あそこにいればいいのよ。彼はいま出張でいないけどしばらくしたら戻ってくるから。ね、そうしなさい。ニューヨークのホテルを探すっていっても大変だし、きっとあのモーテルより高いわよ。安全第一」

と、人のふところ具合を無視してそう決めつけるのであった。

「だって、お金ないもん」

「平気、平気。私がなんとかしてあげっから」

タラコは私の手からクッキーをもぎとって、フフンフフンと鼻歌をうたいながら食べはじめた。

「私、もう他人は信じられないもんね」

嫌味をいっても彼女は、

「そうそう、外国にいったときに頼れるのは自分だけよ。依存心の強い人は絶対にダメ」

などといって、全くこたえてない。

タラコはモーテルの入口で私を降ろすと、

「バハハーイ」

と、ケロヨンの真似《まね》をして去っていった。

「フン！　どこまでいっても能天気な女だ」

ぶつぶついいながら、フロントの前を通りかかると、いつものお兄ちゃんが、

「ハーイ、どこにいってたの？　デート？」

と神経を逆ナデするようなことをいった。この無邪気なお兄ちゃんには罪はない。

私はにっこり笑って、

「入国管理局へいったんだよ」

といった。私の顔をみて悪いことは起きていないと悟った彼も、

「グッド・ナイト」

といって笑った。私も手を振って部屋に戻った。ラジオのスイッチをいれると、これでもかこれでもかと、ヴァン・マッコイの「ハッスル」がかかっていた。

「どいつもこいつも、能天気な奴ばっかりだなあ」

そう思ったらとたんに眠くなり、私は顔を洗うのも忘れて毛布をひっかぶって寝てしまったのであった。

翌日は、早くから目がさめた。いつものように重たくてバカでかいカーテンをあけ

ると、いつものように目の前には高速道路が広がり、でっかい車がびゅんびゅん走っていた。何の変化もない景色である。

「あーあ。世の人々は、また働きだしたのだなあ」

そう思うと、何もやることがなく、ぼけーっとしているのがもったいなかった。私はベッドの上でアグラをかいて、本日はどのように行動するかを検討した。私が行動するにあたっては、まず食事をしなければいけない。下のレストランの朝食はいいのだが、やはりもっと周囲のことを知っておいたほうがいいと判断して、もうちょっと行動範囲をひろげることにした。

フロントの前を通りかかると、いつものお兄ちゃんがいた。朝会うと、

「How are you?」

「Fine thank you, and you?」

という、英語会話初級パターンの繰り返しである。私はその次になんじゃらかんじゃらとまくしたてられたら困るので、愛想をふりまきながらそそくさと去っていった。

今日もいい天気だった。東京だとすぐ横に視界を遮るものがあって、青空が頭上だけにある気分だが、ここではそんなことがない。地べたに立って横を見ても、ずーっと青空は広がっている。私が零度の点だとすると、分度器と同じかたちで青空が広がっている。生まれて二十年目にして、初めて空は広いとわかったのである。

上をむいて歩いていると、どうも人に見られているような気がする。案の定、車の中からきちんとスーツを着た紳士が、首をだして私のことを眺めていた。また私は「人里に降りてきたタヌキ」にならなければいけないのである。

「そんなに見たきゃ、見りゃいいだろう」

フンとして歩道を歩いていた。歯ヌケのガキと人のいい犬がいた家の前を通ったが、きょうは誰もいなかった。

モーテルを出て七、八分たつのに店らしきものは一軒もない。空が広々としているのはいいのだが、何もない道路が延々と続いていても、車の運転もできずこの短足だけが頼りの私としては困るのである。

「どこかに食物屋はないか」

とキョロキョロしても、それらしい派手なつくりの店はない。そのうえ運が悪いことに、でっかいスクールバスが信号待ちで横に止まった。とたんに耳をつんざくような、わけのわからない金髪のはしゃぎ声。そーっと横目で見るとガキどもが窓から頭をだし、私を見ながらキャーキャーいっている。窓に鈴なりになったガキどもの顔をざっと見渡しても、白人がほとんどで、黒人は一人か二人。ましてや私と同じ黄色人種などいないのである。しかし、無表情でじーっと見る大人どもと違い、ガキどもは素直に、

「キャー。見たこともない、ヒトがいる」

という反応をみせるので、それだけでも気は楽だった。

「田舎《いなか》のガキは困ったもんだ」

と思いながら、発進したバスにむかってバイバイと手を振ってみると、ガキどももロ々にバイバーイとわめきながら身を乗り出していた。しかしガキどもに気をつかうのもいいが、私の腹ごしらえは、いったいどうなるのであろうか。

「たべものや、たべものや」

と、ぶつぶついっていると、歩道にのそーっと立っているお兄ちゃんがいた。白いTシャツに白いコットンパンツ。ところが茶色の髪は伸び放題のラーメン状で、赤いバンダナでしっかと鉢巻をしていた。かつてのフラワーピープルの残党らしい。

「ハーイ」

兄ちゃんは愛想よくいってそばに寄ってきた。そして親しげに、なんのかんのといいはじめた。耳をダンボのようにしてヒアリングをした結果、私が何ゆえにここにいるのかをたずねていた。

「スクール、スクール」

この地で、このテの質問をうけたときの答えは、すべてこれで済ませてしまうことにした。この答えがいちばん敵に疑問を抱かせないからである。私の素姓がわかると、

お兄ちゃんは律儀《りちぎ》にも自分は何者であるかを名乗らなければと思ったのか、

「フローリスト」

といって、傍《かたわ》らのちいさな店を指さした。中をのぞくとたくさんの木の桶《おけ》に入った花があった。しかしその中には半分枯れているものもあって、なかなか厳しい状況を物語っていた。それを見たら無意識のうちに、ずっと前にはやったスコット・マッケンジーの「花のサンフランシスコ」が、鼻歌で出てしまった。するとそれをきいたお兄ちゃんは、

「その歌を知ってるの」

と異常に喜び、桶のなかからバラの花を一本くれた。私は日本にいたときも、もののはずみで色んなオコボレにあずかることが多かったのだが、それはアメリカにきても同じだったようである。しかし今の私にとっては文字通り花よりダンゴで、このスキッ腹をなんとかするほうが先決問題だった。友好関係を活《い》かし、お兄ちゃんに食物屋の在りかをきいてみると、あと二、三分歩くとスーパーマーケットがあるというではないか。私はそれをきいたとたんに、グーグー鳴りだしたお腹《なか》をおさえ、

「バイバイ」

といってスーパーマーケットめざして必死に歩きだした。

お兄ちゃんのいうとおりスーパーマーケットはあった。しかしそれはスーパーマー

ケットというよりも、まるでボーリング場のようにバカでかかった。もちろんでっかい車がズラッと駐車場に並び、スキッ腹をかかえてトコトコ歩いてくるなんて、私くらいのものである。入口にそなえつけてあるカートも、やたらでかくて私の手におえそうになかったし、買うものも少ないので私はそのまま中に入っていった。入るとすぐ化粧品売場があった。白衣を着た売場担当のお姉ちゃんは、私の姿を見ると一瞬キョトンとした顔をしたが、すぐにニッコリ笑って、

「グッド・モーニング」

といった。私もニカッと笑って、

「グッド・モーニング」

と答え、朝からうるわしい光景が展開された。なかなか笑顔のかわいい、接客業にむいたお姉ちゃんであった。ところが私はそこでおそるべき事実を知った。日本にいるときは、ごたいそうにデパートで売られているコティーやマックスファクターの化粧品が、まるで百円化粧品のように簡単にパックされて壁の釘《くぎ》にかけられて、ぶらぶらしていた。コティーのコンパクトがたったの二ドル。私は日本で売られている値段を思い出し、どっかで汚なく儲《もう》けてるヤツがいることがわかった。

四方八方あまりにいろんなものがありすぎて、頭がくらくらした。コーラやジュースのビンもとてつもなくバカでかいし、ハーシーのチョコレートの枕《まくら》よりでかい袋入

りがあるのにはたまげた。広い店内を歩きまわったら、だんだん息切れしてきた。腹はキューキュー鳴るし、目もかすんできた。ちゃんとした食べ物よりも、御菓子ばっかり目立つ店であった。私は冷凍食品売場の隣りにある、サラダ売場によろよろとよろめいていった。そこには、カートに山のように品物をいれた奥さんたちが、五、六人ショーケースの中をにらんでいた。どういうふうに注文したらいいのかな、と隅のほうからじーっと見ていたら、ショーケースの上においてある、セロハンテープの親玉みたいなのをピーッとちぎり、それを握りしめておとなしく待っている。つまさき立ちしてのぞいてみたら、それに数字がかいてあった。そして係のお兄ちゃんに番号を呼ばれた人が注文できるのだった。うちの近所のマーケットみたいに、並んでいるのにずうずうしいおばさんたちにつきとばされ、わめき散らされて、後まわしにされることもない。誠に合理的なシステムであった。ところがショーケースのなかには二十種類ほどのサラダはあれど、サラダの山にぶっささっている札が手書きのため、なにがなにやら全然わからない。ともかく売ってくれるのは最低半ポンド、ということだけわかった。この際、中に入っているのはエビじゃなきゃいやだとか、マカロニは英語でいってもマカロニだろうか、などとあれこれ迷っているヒマはない。私の後から奥さんたちが続々とやってきたからである。ここは一発、

「ポテト!!」

のひとことで、バッチリ決めてやろうと待っていた。ところが、

「イレブン」

と番号を呼ばれ、

「ポテト!! ハーフポンド！」

と叫んでも、全然通じない。私が目をつりあげて、

「ポテト、ポテト」

とわめいても、係のお兄ちゃんは、

「イレブン、イレブン！ イレブンは何をしている」

と、あらぬ方を見て少し怒っている。

「わーん、どうしよう」

とうろたえていると、突然まわりから、

「ポテト！ ハーフポンド！」

という大声がした。私がうろたえているのを見ていたまわりの奥さんたちが、すかさず私のかわりに注文してくれたのだ。おかげさまで、私は無事に半ポンドのポテトサラダを手にすることができた。

「どうも、どうも。みなさん、サンキューベリーマッチ」

私は頼みもしないのに助け舟をだしてくれた、体格のいい奥さん方にペコペコ頭を

さげた。みんなニコニコ笑って、いいのいいのというふうに、手を振ってくれた。

「この町の人は、いい人ばっかりだ」

私は気分がよくなり、パンとジンジャーエールを買って外にでた。

モーテルに入ろうとして気がついたが、ビジネスマンばかりのこのモーテルで、スーパーマーケットの紙袋をかかえて生活感を丸出しにしているのは、私くらいのものである。こんなのがひょこひょこロビーを歩いていたら、フロントの人のいいお兄ちゃんも困るだろうと思い、私は紙袋をこわきにかかえてなるべくめだたぬように、中腰の忍者小走りスタイルでロビーをかけぬけようとした。しかし結局はよけいに目立ってしまい、みんなに笑われてしまったのであった。

部屋にもどって、むさぼるようにしてパンとポテトサラダを食べた。今後の食生活があやぶまれるような味であった。

「まず、食べ物をなんとかせねばならんなあ」

再びベッドの上にアグラをかいて、今後の食生活について検討しようとしたものの、かったるくなってやめた。食べ物はいざとなればなんとかなる。しかし、モーテルの宿泊費だけはどうにもならない。するとまた、タラコに対する怒りがわいてきた。

「くそー。自分はパリなんかに行く、なんていっちゃってさ。あたしはどうなるのよ！」

　こんなことをしても、どうにもならないとは重々知りながら、仰向けになって短足をばたばたさせる私であった。

　テレビを観《み》ても、とくに感動するものはなし。だいたい、近所に本屋がないのがよくないのである。悲しい性《さが》というべきか、よくわからないながらも本や雑誌の類を目にしていれば、心が休まるのである。

「そういえば……」

　と、さっきのマーケットに雑誌があったことを思いだし、またあわてて買いにいった。化粧品売場のお姉ちゃんは、

「あっ、また来た」

　と、不思議そうな顔をしたが、今度は、

「いったい、どうしたの」

　と話しかけてきた。

「雑誌を買いたいの」

　というと、お客がいるにもかかわらず、雑誌が置いてあるスタンドまで案内してくれて、

「私はグラマー、ヴォーグ、マドモワゼル、コスモポリタンなんかを読んでるわよ」

　といって手渡してくれた。せっかく彼女のおすすめもあり、私は宿泊費がもったい

ないといいながら、

「また来た」

という、レジのお姉ちゃんの視線を浴びながら四冊分の代金を払った。

雑誌はページをめくると独特の匂《にお》いがした。

「うーむ。これがアメリカの雑誌の匂いかー」

私は鼻を綴《と》じのところにつっこんで、ベッドの上でクンクンしていた。グラビアでにっこり笑っているブロンドや、褐色の肌のモデルたちは、なかなか着ごこちのよさそうな服を着ていた。ニューヨークのブルーミングデールで売っているとかいてあった。

「ちくしょー。またニューヨークにいってやるからな」

私は再びベッドの上で短足をばたばたさせて、気合いをいれたのであった。

その日は、朝、昼ともポテトサラダであった。冷蔵庫がないため、買った食べ物はその日のうちに片付けなければいけないから大変だった。部屋の中でボケーッとしていたら、掃除をしにきたメイドさんに部屋を追いだされた。私はなーんにもすることがないので、ドアのところで掃除が終るまで待っていた。メイドさんにチップを渡すと、彼女は、

「外はいい天気だから、散歩してきたら」

といった。私がう｜んと考えていると、

「パラムス・パークにいった？」

ときく。頭を横にふると、

「それじゃあ、地図をかいてあげる」

といって、備え付けのメモ用紙に場所をかいてくれた。パラムス・パークとはどんな公園か、とたずねたら、公園ではなくて巨大なショッピング・センターだという。きっとメイドさんは女が一人で退屈しているから、ここを教えてくれたのだろう。私は買物うんぬんより、これからどうやって生活費を浮かさなければならないか、という問題をかかえていたのだが、親切に教えてくれたこともあって夕方いってみた。

それはマーケットとは比べものにならないほどバカでかかった。駐車場のはるかかなたに白い建物が見えた。地元の人々は車でブォーンと入口の近くまで乗りつけるのだが、私はその間をぬって入口までたどりつかなければいけない。あまりに遠くて途中で息切れしてしまった。車の陰で休んでいたら、でっかいアメ車に乗ったおばさん暴走族にひかれそうになって冷や汗をかいた。

やっと入口にたどりついた。

この国の空気のにおいや町並みは好きだけど、それ以外のものは私の体格にはなじめないものばかりだった。生まれてはじめて回転ドアというものにお目にかかった。

テレビや映画では観たことはあるが、まさか自分がこのドアを使うとは思ってもみなかったので、ものすごく緊張した。私はちいさいときから、人からみればとてもくだらないことに緊張し、

「あー、何かマズイことを、しでかしそうだなあ」

と思うとかならずドジをふんで、みんなの笑い者になるのである。そんなことを考えていたらますます体がこわばってきた。ハハハとたからかに笑いながらスマートに回転ドアを通っていく地元の人を横目で見ながら、体中ガチンガチンになって待機していた。

「よし！　いくぞ！」

私は大股《おおまた》に歩いてドアのところまでいった。

「ふふふ、これでドアをゆっくり押せば恐いものなど何もない」

目の前の厚いガラス戸を押したがびくともしない。足をふんばり顔を真っ赤にして、

「うーん」

と、きばっても全然ダメ。そうこうしているうちに後ろからガッガッガと笑いながら、地元のおばさんたちがやってきた。回転ドアの前で手足をばたばたやっている私の姿を見て、

「オー！　ナンジャカンジャー」

といい、そのたくましい腕でぐいっとドアを押した。そのとたんあれだけ押してもびくともしなかったドアがものすごい勢いで動き出し、あっという間にクルッと一回転して、気がついたらさっきまでいた入口でぼーっとしていた。一瞬何が起こったかわからなかったが、建物の中でさっきのおばさんたちがこっちを見て笑っているので、やっと事情がのみこめた。回転ドアの動きについていけずに、外におっぽりだされた「人里に降りてきたタヌキ」を見て、彼らは、

「ソー、ファニー」

といいながらも、私が入れるように中からドアを動かしてくれた。無事ドアを通過すると、なかでもいちばん体格のいいおばさんが、ワッハッハと笑いながら私の肩に手をまわしてきた。そして、うちわみたいなでかい手のひらで、

「アーユーオーライト?」

といいながら、ばしばし肩を叩《たた》くのである。あまりの痛さに顔をゆがめながらも、中に入る手助けをしてくれたお礼をいわねばと、必死に笑顔をつくり、

「だいじょうぶ、だいじょうぶ。サンキューベリーマッチ」

といいながら、うちわ攻撃からのがれようとした。よほど私の格好がおかしかったらしく、おばさんたちの姿が見えなくなっても、ガッガッガという笑い声だけは、建物の中にとどろいていた。

「全く、一筋縄《ひとすじなわ》ではいかない所だわい」

私は建物の中を物色しはじめた。そこには、あまりあかぬけていない小さい店が寄り集まっていた。洋服も私が購入基準としている、コットン、ウール100パーセントなどというのはほとんどなくて化学繊維のものばっかりだった。縫製もひどくてボタンがとれかかっているもの、裾上《すそあ》げがほつれているもの、片袖《かたそで》がないものまで平気で定価で売っている。地元のみなさんはこういうことに鷹揚《おうよう》なようだった。ヒマつぶしに編み物をしようと思っても、売ってる毛糸の色も質も悪く、欲しいものなど全くないのが、日々貧乏になっていく私にとっては救いだった。

あたりは薄暗くなってきた。私はあわてて夕食用にクレープ屋で安売りしていた箱入りのクレープを買って帰った。

また忍者小走りスタイルでロビーをかけぬけ、部屋に戻ってクレープの箱を開けた。中からは、これまた今までみたことがないクレープが顔をだした。ふつうクレープというのは黄色くふんわりしたものだが、それは色が黄色とエスグリーンのだんだらになっていた。そのうえ粉砂糖が雪のようにふりかけてあって、不気味な様相を呈していた。

「そうだ、人生はトライだ！」

ここにきて、食事をするたびに、何度となくこの言葉をつぶやいたような気がする。

私は少し時間がたってぺったりしているクレープにガブリとかみついた。口の中でもぐもぐやっても味がしない。もう一口、今度はモスグリーンの部分にかみついた。ところが口にいれたとたんものすごい味。ゲーッとなったまままよくよくそのクレープの正体をみると、中にホウレン草のきざんだのが入っているではないか。それもこのあいだのサラダと同じようにアクぬきをしていないらしく、舌がじんじんしてきた。

「アメリカ人はどういう味覚をしているのだ」

クレープの中には、クリームとかジャムをいれるものである。野菜だってなんでもかんでもいれていいわけがない。それなのに堂々とアクぬきすらしていないザク切りの生のホウレン草を入れ、きれいにたたんで上に粉砂糖をふりかける神経は理解できなかった。あの店で残っていたところをみると、地元のみなさん方にも受け入れられない代物《しろもの》だったのかもしれない。

衝動買いのおかげで夕食にあぶれた私は、自動販売機でチョコ・バーとジンジャーエールを買ってごはんのかわりにした。物があふれている国に来たにしては、相当ひどい食生活であった。

食物はいまひとつ、おまけに宿泊費がかかるとあっては、何のためにここにいるのかわからなかった。週末にその週の宿泊代を払うたんびにがっくりきた。セーフティーボックスの中から、ガマ口をだしてもらってお金を払ったあと、私がよほど悲しそうな顔をしたらしい。領収書を渡すときにフロントのお兄ちゃんが、ポケットの中からキャンディーを出して一緒に手渡してくれた。

私は足取りも重く部屋に戻ってベッドの上でごろごろ転がっていたが、そのうち大の字が裏返った体勢のまま、つっぷして寝てしまったのであった。

ところが、こういう生活をしている私にも救いの神があらわれた。次の日、フロントの前を通りかかると、お兄ちゃんがいつもとちょっとちがった雰囲気で、

「ここで待ってるように」

という。内心、きのう払ったホテル代が多かったので、返してくれるっていうのならいいなあ、と思っていたがそうではなく、フロントの奥から一人の男がでてきた。

「ひゃー」

私は口をあんぐり開けたまま、そこにじーっと固まってしまった。彼は私がここに到着してから見た男のなかで、最もかっこいい男であった。そして彼がタラコの知り合いの、このモーテルの支配人であった。あの清川虹子に似たタラコと、ハンサムな支配人が友人とはとてもじゃないけど信じられなかった。彼はにっこり笑って握手してくれたが、男と手を握ったことなんて高校時代の体育祭でのフォークダンス以来である。それも相手がハンサムときているからますます頭に血がのぼり、彼が手を離してもまだ未練がましく手をだしていた。彼は支配人という立場から、

「何か不満はないか」

とたずねた。私は山ほど不満があるのにもかかわらず、ニカッと笑って、

「すべて快適です」

と、いい切ってしまった。

「それはよかった」

とおだやかに彼はいい、なんと、今晩一緒に食事をしませんか、と大胆なことをいうのである。

(ぎひひひ、きたきた)

大和撫子《やまとなでしこ》としては、よだれをたらしてモミ手をしている雰囲気は悟られたくなかったので、こんなことには慣れてるわ、と平静をよそおって、

「まあ、うれしい」

とお答えした。彼は夕方部屋に連絡する、といって、またフロントの奥に入っていった。

私はあわてて部屋に戻った。

「ざまあみろ、ワッハッハ」

まさに、私の人生はバラ色であった。日本にいたらあれだけの男にはハナもひっかけてもらえまい。それが思いもかけぬディナーのお誘いである。これで当初の私の目

標に一歩近づいた。極力気をつけてそそうのないようにしなければいけない。私はブラウスとスカートをとり出してシワがないか点検し、備え付けの洋服ブラシでやってもどうってことないのにブラッシングをした。あとは気持ちよく食事をするだけである。ということは、その時にスキッ腹にしておく必要がある。私はディナーまで何も食べないことに決めた。

「るんる、るんる、るーん」

私は部屋のなかで日劇ダンシング・チームみたいに足をたがいちがいに振り上げて景気をつけた。しかしもとより大食らいの私である。水をいくら飲んでも空腹は耐え難かったが、きのうの食べ残しのチョコ・バーを食べてじっとガマンした。

六時になって電話がかかってきた。七時にロビーで待っている、ということであった。私は深い意味はないのだが、フロに入って身を清め、準備万端整えてロビーに下りていった。いったいどこに連れていってくれるのかなあ、と期待していたら、モーテルの中のザリガニ料理が得意なレストランだったので少しガッカリした。でも相手が相手だからこのくらいのことは許しちゃうのだ。

彼はこのレストランの最高級のステーキとやらをたのんでくれた。しかし、私はナイフやフォークを目の前にしてあせっていた。このナイフとフォークが正直いって苦手なのである。家でナイフとフォークが食卓にでていても、

「あたしゃ、日本人だ。箸《はし》で食う」

と宣言して、何でもかんでも箸だけで済ませてきたのだ。日本にいるときは多少ぎこちなくても気にしないが、ここはアメリカである。まわりはフォークとナイフ使いのプロばっかりである。ふだんだったらみっともないかな、くらいで済ませられるが、今夜はすごい相手が目の前にいる。回転ドアのときと同じ現象が私の体に起こった。

そうこうしているうちに、テーブルの上にはステーキと、ベークドポテト、サラダが運ばれてきた。

「落ち着け、落ち着け」

とつぶやきながら、料理に手をつけた。まずステーキを切った。うまくいった。フォークに刺して口に入れようとしたら、もうちょっとのところでボロッと下に落ちた。ハッとして彼のほうを見ると、あちらはちょうど下を向いてステーキを切っている最中で、この事実は知られることはなかった。ポテトは問題はなかった。次はサラダである。私は途中がうまくいったのでつい気をぬいてしまい、プチトマトにぶすっとフォークを突き刺してしまった。ところがみごとに刺しそこね、隣りのテーブルで食事をしていた品のいい老婦人の皿の上にまで、中身をすっとばしてしまうという、とんでもないことをやらかしてしまったのである。彼は突然支配人の立場に戻ってウエイターに命じて皿を取り換えさせたり、ていねいにあやまったりしていた。私も冷や汗

をかきながら老婦人にあやまった。ところが彼女は突然すごい勢いでトマトがすっとんできたにもかかわらず、

「大丈夫よ。こんなこと気にしないで、楽しく食事をしてちょうだいね」

と優しくいってくれたのである。なかなか太っ腹な御婦人であった。

すったもんだしたあげく、どうにか食事は終った。ロビーで彼と別れ、部屋に戻ったとたんぐったり疲れてしまった。あまりに緊張して料理の味はもちろん、彼とどんな話をしたかも全く覚えてなかった。私はかっくりとこうべを垂れ、いつものようにイモ虫みたいにごろごろしたまま、毛布にくるまって寝てしまうしかなかったのであった。

次の日起きると、部屋の電話に付けられた赤いランプが、

「メッセージがあるよ」

と、ピコピコ点滅していた。電話の応対の仕方も、NHKの英語会話で勉強したが、混乱しそうだったので、あわてて着替えて、フロントに降りていった。

「ランプが、ピコピコしてるけど」

と、お兄ちゃんにいうと、彼はニッコリ笑って一通の封筒でほっぺたをぴたぴた叩《たた》きながら、

「ラブレターがきてるよ」

といった。それは、私がここに来て強制送還されるかもしれない、といって母親あてに書いた手紙の返事であった。

「実家に何か、問題でも」

と、あわてて部屋に戻って封を切った。

そこには緊張した母親の字があった。まず、

「お手紙、読みました」

とあった。その次には、

「強制送還されても、日本に帰れるんだから気にすることはない」

と書いてある。手紙の順序からして次は自分たちは今までどのように暮していたかを、ふつうは書くものである。ところが次に書いてあったのは予想もつかないことであった。突然、

「イギリスのエリザベス女王が、日本においでになりました」

という、私たちとは何の関係もない話題が始まったのである。

「エリザベス女王？」

私としては唐突な話題に驚きながらも、あとで家族の生活ぶりなどが書かれているのだろうと思ったのである。

「ふむふむ」

と、読み進んでいくと、

「エリザベス女王は美しくて品があり、着ているドレスも本当に素敵でした。今までニュースなどで拝見したよりも若々しく、にこやかに手を振っておいでになりました」などと、エリザベス女王を賛美する言葉が延々と続き、

「あなたは、エリザベス女王の御姿が見られなくて残念でしたね。それではさようなら」

と、手紙はこれまた、唐突に終ってしまったのであった。

私はしばし呆然《ぼうぜん》としていた。それから、むらむらと怒りがこみあげてきた。私が知りたいのは、日本に残した家族のその後である。エリザベス女王が個人的に私の実家を訪ねた、というのならともかく、彼女が日本においでになろうが、今の私には何の関係もないのである。弟は元気でいるか、トラちゃん一家もみな無事か、ということを知りたいのである。それなのに太平洋を渡ってくる手紙に、自分たちの生活とは何も関係ない内容を書いて、これでいいと思っとるのか！

私は、テーブルにバシバシと手紙を叩きつけ、くたくたになったところで今度はじゅうたんの上に落とし、右足でおもいっきり足蹴《あしげ》にしてやった。

自分の親ながら子供がいったい何を求めているか、ちっとも分かっていないのにはあきれかえった。どうしてこんなことになってしまったんだろう、と考えてみると、

きっと母親は書きなれない手紙を書くにあたり、学生時代の国語の授業を思い出したにちがいない。最近自分が感じたことを書きましょう、などというのをそのとおりに実行し、一番心に残ったエリザベス女王訪日を手紙に記したのであろう。そう思えば仕方ないともいえるが、それにしても異国の地で自分の娘がエリザベス女王のことを読んで面白いかどうか、そこまで深く掘り下げてほしかったと心から思った。私はさっそく備え付けの便箋《びんせん》を出し、

「エリザベス女王は無事お帰りになりましたか？　ところでトラちゃんを含め、皆様方はお元気でしょうか」

とだけ書いて、フロントのお兄ちゃんに渡した。彼は宛先《あてさき》のJAPANという文字を見て、

「必ず送るからね」

といってくれた。気のいい兄ちゃんなのである。私はお兄ちゃんの態度の良さに気分が良くなり、久し振りにザリガニレストランで朝ごはんを食べることにした。

入口に一歩足を踏み入れたとたん、遠くから何人もの人が私にむかって手を振っているのが見えた。私もまけじと、

「おー」

といって手を振ると、以前私のところにやって来て何度もコーヒーのお代りをすす

めた女の子がメニューを持ってやって来た。席に座って顔を合わせると、

「グッド・モーニング」

と、きちんと挨拶《あいさつ》するなんぞ、なかなかプロであった。彼女はニコニコしながら、

「最近来ないから、帰っちゃったのかと思った」

などと、かわいいことをいった。話を聞いてみると彼らと私とはあまり歳が違わなかった。私が自分の歳をいうと、彼女はまたニコッと笑い、

「あなたは、十二、三歳だと思ってた」

といった。子供が一人で何しに来てるんだろうと思っていたのだそうだ。お互い探《さぐ》りあっていた歳もわかり、私はじゃがいも入りオムレツをたのみ、再びコーヒーのお代りぜめにあいながらも、楽しいごはんを食べた。たらふく食べて部屋に戻り、鏡の前に立って前面、横面と、自分の姿を点検した。幸い日本に居るときと体重はたいして変ってないようだった。私はここに来るときハンバーガーやジュース類をたらふく喰《く》ったデブには絶対なるまいと、これだけは心に誓ってきた。空港で大陸型デブのすごさを目の当りにしたおかげで、その決意はくじけずにすんだ。今の私にはデブがいちばん怖《こわ》いのである。そのかわり、髪の毛には多少の変化があった。日本にいるときは髪の色は真っ黒だったのに、だんだん茶色くなってきた。日本から持ってきたシャンプーでは全然泡がたたないので、仕方なしにマーケットで安売りしていたレブロン

のシャンプーを使っていた。ブクブク見事に泡はたったが、そのかわり髪の色まで洗い流してしまったようだった。

「このまま鼻が高くなって、まぶたが二重になってくれたらどんなにいいだろうか」

と思ったが、これは無理だった。

何もすることがないのでベッドの上で、足をばたばたさせていると、ジリジリと電話のベルが鳴った。電話をかけてくる人間は、毎度おなじみの例の人しかいない。

「はいはい」

と受話器を取ると、

「あんた、こっちに来て何日たってるの。ハローぐらい、いったらどうなの」

と、また耳をつんざく胴間声でわめく。

「私に電話をかけてくるのは、おばさんぐらいしかいないよ」

「ふん、そんなことではいつまでたっても、英語は上達しません。日日是精進が、語学習得の秘訣《ひけつ》です」

と偉そうに説教した。

「はいはい」

「わかってんのかねえ、ホントに」

「はいはい」

この「はいはい」作戦でのりきれば、タラコとの会話も怖くない、ということを、やっと悟った。

「あのね、あんた今日の夜、あいてる？」

「はいはい」

「それじゃあ、六時に迎えに行くから」

「はいはい」

私の「はいはい」にはなにも答えず、一方的に電話は切れた。

六時に約束通りタラコはやって来た。ところが部屋に入ってくるなり、私の腕をつかみ、

「ちょっと、あんたのからだのサイズを測るから」といって、メジャーをもってにじり寄ってきた。

「えー！　どうしてー」

とわめいても、タラコはTシャツの上からサイズをはかり、一生懸命メモに書き留めている。

「どうしてそんなことするのよ！」

「うるさい。この結果であんたがここに居られるかどうか、決まるんだから」

などというのである。それだけならともかく、

「あんたって本当に、たくましいふともももしてるね」

と、一番気にしていることを言うのである。

私は何が何だか、さっぱりワケが分からなかった。

そしてそのあと、私はオンボロワーゲンに乗せられて、少し離れたレストランに連れていかれた。そこにはロマンスグレーの品のいい紳士と、キャリアウーマン風の中年女性が待っていた。向かいあって席につくと、タラコは紳士のほうにサイズを測ったメモを見せた。

「ああっ、私の大事な秘密を」

ビビッていると、紳士も中年女性もそれを見てふむふむとうなずいている。

運ばれてきた料理を前にして、目だけキョロキョロさせて事の成り行きを見守るしかなかった。

私は料理は気になるわ、私がここにいられるか否か、の重要な問題というのはいったい何か気になるわで、どうしていいかわからず、ただキョロキョロしているだけだった。いつものように耳をダンボにしていると、彼らの言葉のはしはしに、サイズだのガーメントなどという言葉がとびかっていた。

「これからいったいどうなるのであろうか」

と、案じている私の目の前に、今まで見たこともないものがでてきた。それは緑色をした花のつぼみがたくさん寄りあつまったものだった。私は自分の今後よりも、今、目の前の皿に乗っている摩訶不思議《まかふしぎ》なものに異常に興味をもち、身をのりだしてクンクンやったり、皿を手にとってじーっとみつめたりしていた。その間にも中年の三巨頭会談は続いていたが、私が彼らの話題よりも目の前にある食い物のほうに気を取られているのをみて、男性がタラコにむかって、

「この子はいったい何をしているのかね」

と不思議そうな顔をしていった。

「やめなさい」

タラコは、すさまじい形相でいった。

「だって、これ見たことないんだもん」

というと、タラコはよせばいいのにそれを通訳して、首をかしげている二人に向かっていった。すると二人は、突然「ワッハッハ」と笑いだし、

「日本では見たことがないのか（でもアメリカにはあるんだぞ）」

と、優越感を丸出しにした顔で、

「これはアーティチョークという野菜である」

と教えてくれた。一枚一枚、そのつぼみみたいなものをひきはがし、その裏についている部分を食べるのである、と、食べ方まで実演してくれた。私も真似《まね》して食べて

みたが、味はそら豆にそっくりだった。

「まだまだ世の中には、わけのわからぬ食べ物があるわい」

感心しながらアーティチョークを食べている間にも、延々と三巨頭会談は続いていた。

「ちょっと、あんた。いいかげんに食べるのは止めて、こっちの話にも参加しなさいよ」

タラコはさっきよりもっとすごい顔をしていった。ただでさえこわい顔の人がとってもこわい顔をすると、それは本当にこわいのである。

「だって、何話してるか、よくわからないんだもん」

「バカだねえ。アメリカ人だって人間なんだから、ブスッとしてるより愛想がいいほうが印象がいいに決まってるでしょ」

そーっとアメリカ人の二人を盗み見ると、にこやかながらも眼光あくまで鋭く私のほうを見ていた。やはりこれはちょいとマズイ。ニカニカ笑いながら話に参加することにした。

私が食い物に気を取られている間に、実はとんでもない話が進行していた。私があまりにうそつきタラコと罵《のの》ったものだから、彼女もそれなりに心を痛めたらしく、ひそかに私の働き口を見つけていたのであった。といっても私が持っているのは観光ビザで、労働ビザではない。何かあったら真っ先に捕まって強制送還されてしまう。何をやってもすぐ追い返されるなかなか厳しい国である。そういうなかでの働き口というのは、はっきりいってろくな仕事ではないのではないか。そこでふと思い出したのは、タラコが私のサイズを測って、彼らに見せたことである。普通に働くのにどうして体のサイズが必要なのであろうか。私は急に不安になってテーブルの下でタラコのスカートを引っ張り、

「どっかに売られるんじゃないだろうね」

と、小声できいた。

「あんたって子はどうしてそんなことしか考えられないの。そんなことするわけないでしょ」

タラコも小さい声でまくしたてた。

タラコと三巨頭会談に臨《のぞ》んでいたのは、ある下着メーカーの営業部長とその秘書であった。たまたまその会社で日本に市場進出する話が持ち上がり、そのモニターになる日本人の女の子を探している、という話をその部長からきいたタラコが、私をズルズル引っ張ってきたというわけだった。部長は私にむかって、

「仕事をする気はあるか」

ときいた。これは、ふってわいた夢のような話だが、言葉だってろくにできない私

にとっては不安材料が山ほどあった。扱っているものがものだけに、ヘタをするとひどく恥かしい思いをするのではないか。おまけに私の体型は下着のモニターができるような体型ではないのである。腕も足も太いし、私の体型が普通だと勘違いして日本に市場進出しても、製品は売れないに違いない。ということを、タラコに通訳してくれるようにたのんだ。ふむふむと私の話を聞いていた部長はニコッと笑って、

「ドント・ウォーリー。ノー・プロブレム」

といった。このことばをここにきてから何回聞いたことだろうか。彼は形容詞がわかれば、あとのこまかい会話は完璧《かんぺき》にできる必要がないこと。腕や足が太くても下着は胴体に付けるのでそれほど関係ないこと。こちらもデータは沢山持っているので、サイズの問題は気にしなくていいといった。

そうは言われても身に着けるものがものだけに、いったい何が起きるかわからない。

「下着姿で人前に出たり、あっちこっち歩かされるのはゴメンだからね」

と釘《くぎ》を差した。するとタラコはそのむね二人に通訳したようだった。二人はワッハッハと笑ったあと真顔になって、

「そんなことは、絶対にさせない」

といった。このおじさんとおばさんは信用できるような気がした。

日をあらためてこまかい打ち合わせをすることになったので、その日は料理を山ほ

ど食べて別れた。

「仕事をするのはいいけど、警察にとっつかまるのはイヤだからね」

と、オンボロワーゲンの中でいった。アメリカに来る前は、

「なんでもやったろー」

と、張り切っていたくせに、それがいざ現実になるとビビッてしまう、気の弱い私ではあった。

「ねえ、あっちのほうは本当にだいじょうぶだろうね」

タラコに念を押すと彼女は、

「平気平気。誰にでもできる、きれいで簡単な仕事なんだから」

と、鼻歌をうたいながらいった。しかし私が今まで経験したことを考えると、アルバイトの募集で、

「きれいで誰にでもできる、楽しい仕事。明るい職場です」

などというのは、そのほとんどがウソっぽちで、どれも「ほこりまみれになる、つまらない重労働」で、そのうえ職場はめちゃめちゃ暗かったのであった。

「それは平気よ。楽しいかどうかはわからないけど。あんたが心配してるようなことはないわよ」

タラコはきっぱりといい切った。しかし私にはもう一点心配なことがある。私が持

っているのは観光ビザであるから、働いているのがわかったら真っ先にとっつかまってアメリカから放り出されるハメになる。

「それは、私がうまいことやりますよ。あの会社からお金を貰《もら》わなければいいんだから」

タラコは不可解なことをいった。会社がお金を払わないということは、私はタダでこき使われるのであろうか。

「お金貰わないと暮していけないよー。でも監獄に入るのもイヤだしなあ」

「あーら、こっちの監獄っていうのはすごーく豪華なんだから。建物なんか外から見ると、日本の高級マンションみたいなもんよ。まあ、あんたの家よりは、ずーっと住み心地はいいわね」

「ともかく私は働く以上、しっかりその分のギャラはいただきます！　あとはなんとかしてよね！」

私はきっぱり宣言をして、キッと前方を見つめていた。人間、やるときはやらなきゃいけないのである。私がやろうとすることは、みつかったら非常にアブナイ事ではあるが、やるだけやってそれがダメならそれでよいのである。家訓の「やらないで後悔するよりは、やって後悔したほうがマシ」という、教えにしたがうことにした。

ひさびさにリッチな食事をした私は、胃袋の許容量以上のものを詰め込んでしまったので、帰りの車の中でのけぞっていた。

「あたし、今までの食事のモトをとっちゃったあ」

「そんなひどいもの食べてたの？」

「あんまり食べてないの」

「どうして」

「…………」

結局はいつもと同じように、

「だって、おばさんが家に泊めてくれるって、いったじゃないか！」

ということになってしまうので、私はむくれてじとーっとタラコの横顔をにらんでいた。

「まあ、道路が混んでるわね」

得意の「話題そらし」でタラコは逃げようとした。無視していると今度はタラコがそーっと私のほうを横目で見ていた。

私たちは会うと腹のさぐりあいばかりしているようだった。ふだんだったらここでまたギャーッとひと騒ぎしてウサをはらすのだが、きょうは体中にアーティチョークやホワイトソースがつまっていて、何をいうのもおっくうだった。

「もう遅いから、家に泊まっていきなさい」

タラコは猫ナデ声でいった。

(ふん!　あたりまえじゃ)

私はのけぞったまま黙っていた。

タラコのアパート付近は木がうっそうと茂り、こんなところを夜中に歩きまわっていたら、すぐごろつきが出てきて、二、三分で八つ裂きにされそうだった。そのかわり部屋からの景色は素晴らしかった。

「この人が、こんなおしゃれな所に住んでいるのは罪悪だ」

と再び思った。

「溺《おぼ》れないように、お風呂《ふろ》に入って早く寝なさい」

下らないことをいつまでたってもよく覚えている女である。そりゃあ最初がぼがぼと溺死《できし》寸前になったが、最近はちゃんと洋式バスも使えるようになったのである。

「ふん!　中で平泳ぎしてるから溺れっこないわい」

私は捨てゼリフをのこしてバスルームのドアを押した。

こういうかっこいい所に住むのもいいが、あまりに外と隔絶しているのでかえって不気味な気もした。

「やっぱり、私にはこういう所はむいてないなあ」

ろくな家にすんだことがない私は、いつまでたっても貧乏感覚が抜けきっていないのであった。あんな顔をして堂々とこの部屋に住んでいる、タラコのずうずうしさには感心した。タラコと一緒にベッドで寝るのはゴメンだとおびえていたら、どこからか折りたたみベッドがでてきて私はアボカドの鉢の横で寝ることになった。

「もう、どうなってもいいや」

もともと根性に欠けている私は、ある程度がんばってもすぐヤル気をなくしてしまう。面倒くさいことは嫌いなのだ。

「金がなくなったら、日本に帰ろ」

折りたたみベッドを、ぎしぎしいわせながら寝た。

朝起きると健気《けなげ》にもタラコが朝食をつくって待っていた。

「うーん。よくやっとるねえ」

そういったら、頭を一発なぐられた。

「うるさいね。ごはんを食べたらさっさと帰ってよ」

と暴言まで吐きおった。

「せっかくニューヨークにきたのに、このままホテルに帰れるわけないでしょ。ニューヨーク見物をしてから帰るもん」

「あっそ。でも午後四時になったら帰りなさいよ。何されるかわからないから」

タラコはニューヨークのおのぼりさん用マップをテーブルの上に置いてでかけてい

った。トーストを食べながら点検すると道路は碁盤の目と同じで、方向オンチの私でも十分いける。「May I help you?」の、ぷっつんバアさんの世話にならなくてもよさそうだった。で、問題は行く場所である。のっけからヘタにエンパイア・ステートビルディングなんかにいくと、おのぼりさん目当てのスリに逢《あ》う可能性が強い。そう判断して一番安全のように思われる美術館にいくことにした。

管理人のおじさんに愛想をふりまいて外にでたが、乗り物にはいっさい乗らないことにした。他人を信じすぎるからいろいろ問題が起きるのである。ここで乗り物のかわりに信用できるのは、たくましい自分の短足だけ。天気もすこぶるよくなかなかのハイキング日和になった。私はいさんでまずグッゲンハイム美術館とやらへ行くことにした。

道路は汚れていてもそれなりにハトがいたり、ゴミがたまっていても日本みたいに湿気が多くないのでゴミも垢抜《あかぬ》けている。湿気がないのがこんなに気持ちがいいとは思わなかった。頭のてっぺんから押さえつけられているようなうっとうしい気分が全くなく、頭の中がスカスカしてとにかく体が軽い。たりらりらーんとスキップまでしたくなったが、そうなると今度はこっちがぷっつんねえさんになるのでやめておいた。

グッゲンハイム美術館は、かたつむりの殻を地べたに置いたような格好をしていた。入場料を払って中にはいると、まずてっぺんに行くようになっていて、展示物を見ながらどんどん下に降りていき、見終ったらさようなら、とそのまま出ていける合理的な造りになっているのであった。

私は、絵やいま一つ意味のわからない得体の知れないオブジェを見て、

「なるほどねー」

などと感想をもらしつつ、ぐるぐると殻の中を歩き回っていた。きょろきょろしていると、展示物のなかで少し変った前衛的な金属製のオブジェがあった。近寄ると製作者のデータが書かれているプレートが金属でできていて、その作品はガッチリと壁に打ち込まれていた。おまけに作品のタイトルが、９０６４２３という数字なのも、いかにも前衛芸術なのであった。私はおのぼりさん丸出しでただただ感心し、その金属製のオブジェに再び近づいていった。すると遠くのほうで警備をしていたガードマンのおじさんが、にこにこ笑いながら近寄ってきた。

「あまりに暇だから、私になつこうとしているのかしら」

と思ったら、おじさんは私のほうを見て「はっはっは」と笑っている。どうして笑ってるのかと首をかしげていると、彼は笑いを嚙《か》み殺しながら金属製のオブジェに触り、

「ノーノー」

という。「触っちゃいけないといってるわりには、おじさんは堂々と触っているし、

一体何なのだろうか」と考えていたら、彼はそのオブジェについている把手《とって》をつかんでぐいっと手前に引いた。そして中を指さしてまた笑うのである。のぞいてみたらそこにはたくさんの電気コードが絡み合っていた。私がいままで見たことがない前衛芸術だと感心していたのは単なる配電盤だった。もちろんオブジェのタイトルだと思っていた数字も製造番号で、深い意味など何もなかったのである。おじさんは顔を真っ赤にして、

「ぐっぐっぐ」

と笑いながら、私の肩をドスドス叩《たた》いた。せっかく美術館に来たのにただの配電盤を見て感心されては困る、と思ったのか、それから私のそばを離れず、展示物を一つ一つ説明してくれた。絵を指さしては、

「ナンジャ、カンジャ」という。そして必ず、

「YOU　SEE?」

と、いちいちたずねるのである。詳しいことはよく分からないながら、こっくりうなずくと、おじさんは私の了解を得ないで腕をのばして勝手に肩を抱き、満足そうに大きな声で、

「わっはっは」

と笑うのだった。こうしているうちに、美術品専門のぬすっとがいたら、モンドリ

アンでもシャガールでも、いくらでもかかえて逃げ出せそうだったが、おじさんは日米友好のほうを優先したいようであった。

結局彼は出口までずーっとついてきた。出口の近くにある売店を指さし、

「あそこで記念の絵葉書や、目録を売っているぞ」

と親切に教えてくれた。それだけならいいが、彼は私がその売店で何を買うのか、じーっと見ていた。私は仕方なく「グッゲンハイム美術館コレクション」という分厚い目録を買った。それを見届けると、おじさんは、

「バイバイ」

と手をふりながら、明るく去っていった。間抜けているようでも、しっかりするところはしっかりしているおじさんだった。

かたつむりの殻から出て、今度はメトロポリタン美術館に行くことにした。フィフスアベニューをてくてく歩いていくと、だんだんおなかがすいてきた。しかし、パラムスとは違って、ニューヨークはちょっと歩けば、なにかしら食べ物を売っているからまことに都合がいい。ファーストフードの店に入り、オニオンリングフライとコーラを買った。その店では、いろいろな人々がいろいろな格好をしてむしゃむしゃハンバーガーなんかを食べていた。私はオニオンリングを食べながら外に出た。

空を見上げれば白い雲がポッカリと浮かび、湿気もなく快適な空気を吸いながら、

歩き食いをするのはなかなか快適だった。何をやってんだかわからない得体の知れない人々も多かったが、なるべく私のそばには近づかないでくれるようにと横目で見ながら歩いていた。

メトロポリタン美術館の前にも、得体の知れないお兄ちゃんたちがたくさんたむろしていた。私が前を通りかかると「こっちこっち」というふうに手招きした。映画館の前にたむろしている若人とは違い、そのお兄ちゃんはぐれた感じがしなかったので安心してそばに寄っていくと、彼は、

「どこから来たの？」

と、もちろん英語で聞いてきた。

「東京」

と答えると、

「ボクもぜひ日本に行きたい」

といった。いつものように必死のヒアリングをした結果、彼はアートスクールの学生で、お金がなくなると自分の作ったアクセサリーを美術館の前で売っているとのことだった。そしてしきりに、

「ボクは、テンプラを描いている」

という。もう一度よくきいてみると、

「テンペラ」といっていたのだった。

「はあ、テンペラ画ねえ」

私は、テンペラ画がいったいなんであるかよく分からずに生返事をして、彼が目の前に広げているアクセサリーの入った箱を見せてもらった。

彼が作っているのはとても繊細な指輪で、私の指にはめたら肉にはまって目立たなくなってしまいそうだったが、「袖《そで》触れ合うも、多生の縁」などという言葉を思い出し、そのなかで一番彼のオススメの指輪を買った。値段がいくらだったか、全然思い出せないが、私の所持金の範囲で買えたのだからきっと安かったのであろう。

「またね」

と手を振るお兄ちゃんをあとにして、私は美術館の中にはいった。

グッゲンハイム美術館とは違って、めったやたらとバカでかいため、部屋の中を見渡していたらだんだん気持ち悪くなってしまった。なかでも宗教画の部屋は壁一面にマリア様だの天使だのがひらひらしていて、物凄《ものすご》い迫力だったが余りにそういうのが多いので正直いってへきえきした。早々に宗教画のコーナーから去り、あまりくどくない絵の展示してある部屋を探した。中学の美術の教科書でしか見たことがなかった本物が目の前にデーンとあると、やっぱりそれなりに、

「おー」

と思った。教科書で見たときは何とも感じなかったのに、そのあとに行ったモダン・アート美術館でピカソの「ゲルニカ」を目の当りにしたときは、あまりの迫力に、「すごい」

と、体が震えた。ゲルニカを描くための部分デッサンも展示してあったが、小さな藁半紙《わらばんし》のような紙に何度も何度も茶色い鉛筆でデッサンしてあるのを見て、こういう小さな部分が積み重なってあのような大作ができることを知った。ここでもどんなものを見たか殆《ほとん》どのものは忘れてしまったが、「ゲルニカ」だけは印象が強烈だった。

私は「ゲルニカ」にパンチをくらったまま、よたよたと外に出た。やっぱり何をやってるんだか分からない人がたくさんいた。異常に目の青い青年たちが、カーネーションを私に差し出して「金をくれ」という。こういう場合、「ワタシ、ヨク、エイゴ、ワカリマセーン」といって逃げても、不思議がられないのは私の強みであった。しかし一番困ったのは、歩いていると、歩道にへたりこんでいる白人のじいさんが突然立ち上がり、「ベイビー」などとわめきながら私の腰めがけてタックルしてくることだった。

「ひえーっ」。私は必死になって逃げた。しかしその白人のロリコンジジイは次から次とワンブロックごとに地虫の如くわいていて、私はその間全速力で走らなければならなかった。

走ったらまたお腹《なか》がすいてきたので、バスターミナルの近くで何か食べようと、店を探して歩いていたら、「PIZZA」の看板が目に入った。その薄暗い半地下にあるピザスタンドのカウンターにいるハンサムなお兄ちゃんに、八分の一の大きさのピザと氷入りのコーラを注文してあらためて店の中をみてギョッとした。そこには女は私ひとりだった。普段は大喜びしてしまうのだが、その店は一種異様な雰囲気だったのである。すみっこに男たちは固まっていてお互いの体をさすりあったりしていた。阪急ブレーブスのブーマー選手みたいなのが、二人して手をつないだり抱き合ったりしていた。色白のハンサム青年もいた。私がずかずか入っていってカウンターのお兄ちゃんに注文したときに、けげんな顔をされたわけがわかった。私と男たちはお互い予想外の人間にでくわしたのに驚いて、きょとんとしたままじーっと見合ってしまった。彼らは私がそこにいても嫌がる風でもなく、ただ、

「あれっ？」

という顔で私のことを眺めていた。

カウンターのお兄ちゃんが大きなオーブンから焼きたてのピザを取り出して切り分け、私に手渡してくれた。今までこんなにおいしいピザを食べたことがなかった。生まれてから今までに食べたもの全部ひっくるめて、おいしいもののベスト・スリーを作ってもそのなかにランキングされるくらいの味だった。私はゲイのお兄ちゃんたちの

不思議そうな視線を浴びながらピザをむしゃむしゃと食べてしまった。アメリカにはいろんな人がいるので楽しくなった。

もっとここでおのぼりさんをしたかったが、今日のところはマジメにモーテルに帰ることにした。物貰《ものもら》いのおじさんや金をせびる少年たちの間をひょいひょいとすり抜けながら、ファーストフードの店で晩御飯のハンバーガーを買った。そして再びジイさんバアさんしか乗っていないバスに乗り込んだのであった。運転手に、

「パラムスで降ろしてね」

と、たのむことも忘れなかった。あの、電信柱に白ペンキのバスストップを指さしながら、

「あーあー、私が降りるところはここなんだわあ」

ということになってからでは遅いのだ。頼れる人が誰もいないとなれば、人間いろいろと知恵がつくものなのだ。

運転手のすぐ後ろの席に陣取ってる間中ずっと前方をにらみつけていたら、背後からしわだらけの手が伸びてきて私の肩を弱々しく叩《たた》いた。振り返るとしわだらけの顔に精一杯お化粧をした、粉吹きバアさんがごにょごにょと何事かいう。はあはあと聞いていると彼女は、

「パラムスは次だからね」

と、一生懸命教えてくれているのであった。きっとおばあさんは、「昔、わたしらがいためつけた国の子がいるから親切にしてあげよう」と思ったのに違いない。私はウインクをして手を振っているその粉吹きバアさんに丁寧に御礼を言ってバスを降りた。

フロントの前を通りかかると、お兄ちゃんが大袈裟《おおげさ》に手を広げ、

「おー、無事帰ってきたか」

といった。

「あったりまえだい」

私は自分のドジを隠して、ニカッと笑った。

「もう、ニューヨークだろうが、何だろうが、どこにでも行ってやるわい。ハッハッハ」

と、エレベーターの中で、高笑いしたのであった。

二、三日して、私の仕事に関してこまかい打ち合わせをするため、またタラコをまじえて四人で会った。

「ギャラは、一日三十五ドルです」

と、部長はいった。頭の中で円に換算してみると、それは私にとって法外な報酬だった。

「一か月じゃなくて、一日で？」

　私はビックリしてもそのあととってもうれしくなり、それからとっても不安になった。正社員ならともかく、たかだかアルバイトにそれだけの金額を払えるなんて、日本だったら風俗営業しか考えられない。このなかには「上司のための、御奉仕料」とか「日々の御慰め料」が入っているのではないかと疑いたくなった。ニコッとしたとたん頬《ほお》がひきつったのを見て、部長はすかさず、

「金額が不満か」

　と、たずねた。横からタラコが口をはさんだ。

「金額ではなく、それだけのお金が貰える仕事の内容が気になっているのである」

　となかなか適確なフォローだった。やっと彼女も普通の人の感覚になってきたようである。彼は、

「そんなに信用できないかね」

　と、困ったような顔をしていった。

「日本ではそれだけのお金をくれるところは、男性相手のところしかないんです。だからこの子はそれを恐れているのです」

　タラコはまた機転のきく発言をした。彼らは、ここでこの話がこわれたらとんでもないことになるので彼女も必死なのであった。

「君がこれからやるのは、男性相手じゃなくて女性相手なんだよ」

そういって笑った。

そして次の月曜日から、私はその会社に通うことになってしまったのである。

白い箱部屋の日々

月曜日の朝、モーテルのまえで待っているようにといわれた私は、顔をひきつらせながら約束の八時二十分に、入口で棒立ちになっていた。すると、目の前にブルーの車が止まり、中から例の秘書が顔を出した。車に乗ると、彼女はエブリモーニング、ピックアップして、どうのこうのといった。彼女が毎朝、私を迎えにきてくれるということだけはわかった。困ったのが車中での会話である。むこうがいろいろと聞いてくれれば、つたない英語ながら何とかその場はもつ。しかし、私のほうから、話題をみつけて話しかけることができないのである。

「今日はいい天気ですね」

という天気、気温に関することを除いては、何をどういっていいのかわからない。アメリカへの出発寸前に付け焼刃で見た、NHKテレビ英語会話のパターン以外の応用はきかないのである。これはなんとかしなければいかんと思ったものの、今のままではどうしようもない。

幸いモーテルから会社までは車で十五分くらいで、まずいまずいとあせりつつ着いてしまうのがせめてもの救いだった。その建物はなーんにもない野原の真ん中にぽつんと立っているただの白い箱だった。会社だというのに大きな入口もなく、社員は広い道路とは反対側の、本当に小さな勝手口のようなところから出入りしていた。それに社員の人たちはそれぞれ小さな電子ロックのキーを持っていて、それを差し込まないと開かないようになっているのだった。中にはいると廊下はまるで迷路みたいに入り組んでいて、方向音痴の私は秘書の後ろにくっついていっても、何が何だかわからなかった。

私がまずつれていかれたのは、営業部長の部屋だった。彼はいつものように、にこやかながら厳しい目つきをして、

「これから中を案内する。そのあとは仕事をするように」

といった。そんなこと突然いわれたって、何をどうしていいかわからないなあ、と思ったのも束《つか》の間《ま》、迷路みたいな廊下をあっちこっちひきずりまわされ、人々にお目通りさせられたのである。

真っ白い壁にはたくさんのドアが並んでいた。それをかたっぱしからノックして、「彼はマークだ」「彼女はサリーだ」と次から次へと紹介された。金髪やら、褐色やら黒い肌やらいろいろいた。みんなニコニコしてとても感じがよかった。それがすむと秘書は、また私をひっぱっていった。行けども行けども真っ白だった。次に連れてい

かれたのは、一心不乱にミシンを踏んでいる女の人が、ずらーっと並んでいる「縫製の間」だった。そこの大元締めみたいな白人のおばさんは、ヘアースタイルから何からメイ牛山そっくりだった。そのおばさんは私と握手をすると、ニカッと笑ってウインクした。私はアメリカに来てからおばさんばかりにウインクされる。どうやら私は男よりも外国人のおばさん受けする顔立ちらしい。

「次はモデルの部屋に行く。あなたは毎日そこに行かなければならない」

秘書はてきぱきといった。モデルの部屋っていうと、あの十頭身くらいの美人がうようよいるのかしらとビビった。あんな人たちのなかに入ったら、私なんぞ大きな竹《たけ》藪《やぶ》のなかにまぎれこんだ、「にこちゃん大王」で、ただただ回りをキョロキョロしているしかないのではないか。ドキドキしている私を尻目《しりめ》に、秘書は元気よくドアをノックした。中からドアを開けたのは、ライザ・ミネリをもっとかわいくした感じの女の人だった。彼女は私の姿をみて、

「あらま」

という顔をした。部屋の中にむかって、

「女の子がきた」

などといっている。

「もしかしたら、私と彼女は同じくらいの歳かもしれないのに」

と、少々ムッとしながら秘書のあとに続いて部屋の中に入った。

その部屋は他の部屋に比べるととんでもなく狭かった。広さは六畳くらいしかなく、壁は真っ白に塗られていた。驚くべきことに窓が何処《どこ》にもなかった。そこには十人くらいの女がいた。若いのも年寄りも、背の高いのも低いのも、ペチャパイも巨乳も、もう何でもいた。人体のあらゆるパターンの女がいた。まるで「女の大見本市」みたいだったので、思わず吹き出しそうになった。下を向いて、笑いをこらえている私の頭上で秘書は、

「きょうから来ることになった、日本人の女の子です」

といった。みんなの反応はいかにと、心配になってそーっと盗み見ると、若手はただふーんとうなずいただけ。年増組はニコニコして、日米友好を深めようとしているようだった。

秘書は、ただそれだけ皆にいい、私にむかって、

「それではここで待っているように」

と命令して帰っていった。ただひとり残された私はどうしていいかわからず、そこに突っ立っていた。すると一人のおばさんが折り畳みの椅子《いす》をすみっこから持ってきて、

「ここに座りなさい」

といってくれた。が、そのおばさんの風体《ふうてい》といったら、まるでフィリピンから追放されるまえの厚化粧のイメルダ夫人で、でっかいおだんご頭にまっかっかのひらひらしたガウンをはおり、キラキラ光るハイヒールのサンダルをはいていた。年増のソープランド嬢が、休憩しているようだった。彼女は、あまり興味なさそうに、

「日本では何してるの？　学生？」

などと、私のことを手短にきき、それがおわるや彼女は脇《わき》に抱えていたビーズのキンキラバッグのなかから一枚の写真を取り出し、

「娘がこの間結婚したの。ほら、これがそのときの写真」

といって、誰も見せてほしいなんていわないのに、私の顔にその写真をむりやり押し付けてくるのであった。のけぞりながら仕方なくその写真を見ると、ウエディングドレスを着ている娘さんはお母さんとは似ても似つかない、とっても素朴な感じのかわいい人だった。

「シー・イズ・ベリー・ビューティフル」

というと、イメルダは満足そうにうなずき、

「私も今までいろんな花嫁をみたが、うちの娘が一番美人だった」

と、堂々たる親馬鹿ぶりであった。私たちのやりとりをきいて、まわりの人たちはくすくす笑っていた。

私の、写真を見た感想に気を良くしたのか、イメルダは部屋の中にいる人たちを、片っぱしから紹介してくれた。最初にドアを開けたのが「フラン」、美人の黒人が「スーザン」、ひとなつっこそうに、にこにこ笑っているのが「パティ」。と、ここまではよかったが、その他大勢のおばさんたちの名前が、何が何だかわからなくなってしまった。「上品なおばさま」、「イメルダ」、ダンナがホンダに勤めているといっていた「ホンダ妻」、ガハハと豪快に笑う「ガハハのおばさん」。そのほか、テニスのラケットを後生大事に抱えている「テニス夫人」、少しは遠慮すればいいのに、必要以上に胸を突き出して歩いている「巨乳」など、風体をみれば一目でわかるが、名前のほうを覚えるのは到底無理だった。

ひととおり皆様方とのご挨拶《あいさつ》が終ると、みんなてんでに勝手なことをしはじめた。ある者はヴォーグを読み、ある者は鏡の前で一心不乱に髪をとかし、ある者はこれまた一心不乱に新聞に載っているクロスワード・パズルのます目を埋めていた。私は話しかける人もなく、イメルダ夫人から与えられた椅子《いす》に座って、ただ皆がやっていることを眺めているだけだった。

しばらくするとドアがノックされ、さっき紹介されたデザイナーがイメルダ夫人を連れていった。

「あなたも名前を呼ばれたら、デザイナーのあとについていくのよ」

と、パティがいった。私は、ここは本当にきちんとした会社なのだろうかと、だんだん不安になってきた。女がひとっところに集められ、お迎えがきたら仕事をしに行くなんて、風俗営業関係と全然変らないではないか。私が不安そうな顔をしたのがわかったのか、パティは、

「ここはデザイン・ルームだから、仕事に関することはすべて秘密なの。だからみんな今日どんな仕事をしたかっていうことは、喋《しゃべ》っちゃいけないわけ。デザインも盗まれちゃいけないから、この建物ものすごくゴチャゴチャしてるし、この部屋にも窓がないでしょ。まったく、一日中ここにいると気が滅入るわ」

といった。きちんと空調設備はあるにしろ、真っ白な四角い部屋の中で、ずーっと待機しているのはなかなかきつい。私は、

「やっぱり、どこでも、楽をして金をくれるところはない」

と、溜息《ためいき》をついた。突然、

「ハロー・レディース！」

といいながら、ベッド・ミドラーみたいなおばさんがやって来た。ドアをバーンと開けて、戸口で一人でラインダンスを踊り始めた。他の人はそれを見慣れているらしく、

「またあんな事をやってる」

と、苦笑いしながら無視していたが、私は思わずじーっとみつめてしまった。一人でホイホイと足振りあげて調子良く踊っていた彼女は、部屋の隅に私がいるのを見て、

「おや」

という顔をして踊りを止め、中腰になって私の目をじっとみつめながら近づいてきた。

「どこからきたの」

唐突に彼女はいった。日本からだというと、彼女はふむふむとうなずき、

「うちのソニーのテレビは、ほんとによく映るわよ」

と、とって付けたようなお世辞をいって、鼻歌をうたいながらいずこともなく去っていった。スーザンがフランにむかって、

「ソニーってアメリカの会社でしょ？」

と、小声でいっているのが聴こえた。私はてっきりフランが、

「違うわよ」

といってくれるのを期待したが、彼女はきっぱりと、

「そうよ！」

といい切った。そして二人は、

「あの人、何がいいたかったのかしら」

と、ベッド・ミドラーのことを、とやかくいっているのである。他の人たちはみな知らんぷりで、誰もこの会話に口をはさむものはいなかった。

デザイナーに呼ばれて若手がみんないなくなるのと同時に、年増組が私のそばにわっと寄ってきた。そしてみな口々に、

「あの子たちは本当に頭が悪くて、金と男にしか興味がないのよ。アメリカにいるのは、あんな子たちばかりじゃないから誤解しないでね」

というのである。それならば二人が話しているときにそれとなくいってあげればいいのに、彼女たちとは関わりあいたくないようだった。それなのにフランが部屋に戻ってくると、「テニス夫人」が、

「まあ、さっきは気がつかなかったけど、あなたの靴素晴らしいわ」

と、ほめちぎる。そういわれて彼女も、

「サンクス」

といって上機嫌。この環境といい彼女たちの態度といい、私はこれからのここでの生活に、再び三たび、不安を抱いたのであった。

午前中、私は誰からのお呼びもないまま過ごした。他の人たちは入れかわりたちかわり、デザイナーに呼ばれて部屋を出たり入ったりしていた。十二時のチャイムが鳴ると、みんな次々と外に出ていった。日本みたいに社員食堂があるかどうかもわから

ず、私は秘書がその件について、何かいいにくるかと待っていた。十分待っても二十分待っても、全くその気配がない。そんな私にはおかまいなく、みんな勝手に食事にいってしまったらしい。

「このままでは、昼飯を食いそこねてしまう」

と、おびえた私は、ちょうど部屋に入ってきた、ベッド・ミドラーをとっつかまえて、

「ここのなかに、飯を食うところはありや」

と、たずねた。

「右にいって、それから左に曲がって……」

と、親切に教えてくれたが、私にはとうてい覚えられなかった。ともかくこの建物の中にそういう場所があるだけでもマシだった。ところがソニーのテレビが大好きなおばさんに教えられたとおりに行ってみたが、行けども行けども着かない。そろそろ着きそうだぞ、と思って歩いていったら、私がカンづめになっている部屋の前に戻ったりして、何が何だかわからなくなった。

　これだけくねくねと廊下を複雑に造っておけば、どんな産業スパイだって秘密書類は盗めないに違いない。見慣れないちっこいのがウロウロしているのを不審に思った会社の人たちが、私の背後で様子をうかがっていた。一人のなかなか素敵なおじさま

が近づいてきて、

「どこへ行きたいの」

と、にこにこしながらきいてくれた。

「食堂はいずこにありや」

と聞くと、おじさんはハッハッハと笑い、

「そうか、おなかがすいているのか」

といって、私を案内してくれた。彼は私がはめていた男物の時計に目をやり、

「あっ、セイコーだ。こっちじゃセイコーの時計は高くてね」

といい、うらやましそうな顔をしていた。時計をじーっと見ている自分に気がついたのか、はっと我に返って、照れくさそうに笑いながら入口まで送りとどけてくれた。

そこは食堂というものではなく、ただテーブルと椅子《いす》が並べられているだけだった。そして部屋の隅にはものすごく大きい、サンドウィッチと飲み物の自動販売機があった。販売機の窓には、十種類くらいのサンドウィッチが縦に並んでいた。赤いボタンを押すとグイーンと音がして、その次に控えている野菜サンドやタマゴサンドが顔を出す、というしくみなのであった。

私がそのばかでかい自動販売機のまえで何を食べようかと考えていると、突然へんてこな男がすりよってきた。そいつは腕を組んで、得意そうに胸を張りながら、

「こんな機械見たことないだろう」

　などと、人を小馬鹿にするのである。

「日本にもある！」

　と反論すると、今度は私を食堂のすみっこに連れていった。コーヒーメーカーを示しながら、

「すごいだろう。これはここにカップをのせてボタンを押せば、コーヒーが出てくる機械なんだよ。夏は氷も出てくるし、入れたければミルクだって出てくるんだ。あ、ところでコーヒーって飲んだことある？」

　と、そのハゲタカみたいな顔をした男は、「いかに我が国には、便利で良いものがたくさんあるか」と得々と説明しやがった。

「日本にだってコーヒーメーカーくらいあるし、私だって子供のときからコーヒーくらい飲んでいるわい！」

　私がちっこい目をむいて食ってかかったら、そいつは目をまんまるくして、

「へえー」

　と、人類の七不思議みたいな顔をするのであった。

　私たちがもめていると、どこからかおばさんがやって来て、そのハゲタカにむかって、

「もういいから、あっちに行け」

と、冷たくいい放った。ハゲタカはすごすごと引き下がっていった。そのおばさんのあまりよくない身なりから想像すると、「縫製の間」でミシンを一心不乱に踏んでいる仕事をしているようだった。体をはすに構えてくわえタバコをしているその姿は、なかなか迫力があった。彼女は、

「ランチは食べたか」

と、きいてきた。私が首を横にふると彼女は勝手に自動販売機のボタンを押して、ハムサンドを買い、コーヒーと一緒に手渡してくれた。お金を払おうとすると、

「いいわよ。そんなの」

と、軽くいわれてしまい、結局、おばさんにおごってもらってしまった。彼女はくわえタバコをしながら中腰になり、股《もも》の間に手をつっこんで椅子を引き寄せながら、

「あんた、日本人でしょ。何やってんの?」

などと、自分のことは一切話さず、私の素姓ばかり尋ね始めた。私はハムサンドを食べながら彼女の質問にお答えするハメになってしまった。しかし、このおばさんもきいてくる話の内容からすると、やっぱり日本がどういう国であるかなんてことを、ほとんど知らないようだった。まず、

「どうして着物を着てこなかったの」

といわれた。

「年配の人のなかには、ふだんでも着ている人はいるが、若い人は卒業式などのセレモニーがあるときくらいしか着ないのだ」

と説明すると、一応、「ふーん」とうなずいたものの、まだ目つきは納得してない。そして、私の頭のてっぺんから爪先《つまさき》までじろじろ見て、

「それじゃあ、どうして着物を着ているときと同じようなヘアースタイルをしているのだ」

と、おかっぱ頭を指していうのである。一瞬「うっ」と詰まってしまったが、ここでうろたえると私の発言に説得力がなくなると思い、

「今、日本では、このヘアースタイルがはやっている。それに、この髪型は着物を着るときだけのものではないのだ」

といった。それでやっと、おばさんは満足したようだった。

くわえタバコのおばさんの質問に答えているだけで昼休みは終った。私はまた真っ白な監獄みたいな部屋に戻った。次から次へとみんな帰ってきたが、私が昼飯をどうしたかなんて、全然興味がないみたいで、こっちの人々は私に関して全く無関心のようだった。根掘り葉掘りしつこくきかれるよりは、ほっといてくれるほうが気は楽だった。

そしてその日の夕方、ついに私にお声がかかった。呼びにきたのは中年の背の高い女のデザイナーだった。私の顔が緊張でひきつっていたのか、部屋の中にいたみんなが、

「スマイル、スマイル」

といって、私の顔をのぞきこんでニコッと笑った。みんななかなか気のいいおねえちゃんたちである。午前中に紹介してもらったときの記憶をたどると、この人は確かヘレンという名前だった。部屋の中に入ると午前中にはいなかった女の人がいた。エルマという名のそのデザイナーは私よりももっと小柄で顔はしわしわ。みごとに女の年輪を刻んでいたが、ショッキングピンクの宝塚の男役がフィナーレで着るようなブラウスにジーンズをはいていた。しかし、表情やしぐさ、声がとってもかわいらしいおばさんだった。彼女は、

「なにも心配することはないのよ」

といい、物凄《ものすご》い手際の良さで私のサイズを測った。そしてその数字をヘレンと眺め、

「アメリカサイズの、小さいほうから二つ目だわね」

などといった。

宝塚の男役みたいな服を着ているエルマもだが、ヘレンのほうもよく見るとすごかった。マニキュアを爪《つめ》の半分しか塗ってない。それも意図があってそうやっているの

ではなく、マニキュアを塗ったままほったらかしにしておいたのである。少しの時間で塗り直せるのに、こういう仕事をしていながら爪の半分が伸びるまでそのままにしておくなんて、こんなにみだしなみに無頓着《むとんちゃく》でいいのかしらと思った。しかし、概してみんな洋服の趣味は良くなかった。化繊のプリント柄とか、とんでもない化粧とか、突拍子もない格好をしていた。

私は、サイズを測られたあと、何もすることがなかった。するとエルマが、

「今度日本人が来るってきいてたから、本をコピーしておいたんだけど」

といって私に見せた。それは「カン・ヤシロダ」という人が書いたハーブの本で、仏教の儀式のときに飲むサッカリンのように甘いお茶がある、と日本のお茶を紹介してあった。エルマはその部分を指さし、これはどういうものであるか説明せよ、というのであった。これは甘茶としか考えられなかったが、その甘茶の元がアマチャノキやアマチャヅルだなんていうことを当時は全く知らず、

「私はよく知らないから、日本に帰ったら、調べて手紙を書きます」

といって許してもらった。今度はヘレンが分厚い本を抱えてきて、十二単《ひとえ》の衣裳のページを開いて、

「たくさん着物を重ねているようだが、どうしてこういうことをするのか説明せよ」

と、これまた私の知識では、答えられないことをたずねるので、甘茶の件と同じよ

うに、

「日本に帰ったら、調べて手紙を書く」方式で、許してもらった。

この二人は、仕事に全然関係ないものを、次々持ってきて私に見せた。ヘレンは自分の息子夫婦と、旦那《だんな》、孫、といった一族郎等写真。独身のエルマは自分のうちにいる、イヌとネコの写真。そのうえ自分で作ったクマのプーさんのぬいぐるみまで見せた。私もすっかりそこでなごんでいたら、突然ジリーンというすさまじい目ざまし時計のベルの音がした。すると二人は、

「ヴァイタミン・タイム、ヴァイタミン・タイム」

と、鼻歌をうたいながら、棚から大きな薬ビンを出してきて机の上に並べた。全部でビンは六つくらいあった。二人はそれぞれのビンのなかから錠剤を取り出して、手のひらの上に山盛りになっている薬をえいっとばかりに飲み込んだのであった。私がびっくりしているとエルマは、

「ビタミンはとても身体のためにいいのよ。飲む?」

といって、私の前に、ビンを差し出した。

「けっこうです」

と断わると、エルマは残念そうな顔をして、

「本当にこれは体のためにいいのよ」

といった。そのあと、えんえんとビタミンの効用をきかされて私は解放された。部屋に戻ると、パティが、

「どうだった」

ときいた。

「サイズを測っただけ」

というと、

「それにしては、ずいぶん遅かったわねえ」

と、なかなか鋭いことをいった。他の女たちも雑誌を読むふりをしながら、私たちのやりとりを耳を澄ませて聴いているようであった。そんなときにクマのプーさんのぬいぐるみの話なんかしたら、どうなるかわからない。そこでわたしは、

「ビタミンの話をきかされた」

といった。すると女たちは、

「まだビタミンのこと話してるの。あの話になると長くて困るのよ」

と、口々にいいだしたので、ホっとした。しかし、私が行ったのは中年の女性デザイナー二人のところである。それなのに、遅いだの何だのといわれる。これが、もしも男性デザイナーのところに呼ばれていたら、何といわれているかわからない。彼女たちは人に無関心でいるようなふうでも、しっかり監視するところはしている、めん

どうくさい性格なんだなあと、少しうんざりした。

あと三十分で勤務時間も終る。結局今日の私の出動は一回だけだった。他の女たちは一時間に、二回くらい出動していた。おわり頃になるとみんな部屋に戻って、化粧を直したり服を着替えたりしている。黒人の美人スーザンは、やたらと露出度が高いラメのドレスに着替えて、

「今日会う男って、すごーく金持ちなんだから。ほら、このネックレスもプレゼントなの」

と、自慢していた。フランは鏡にむかってあんぐりと口をあけ、まぬけな顔をしてマスカラをつけ直していた。それを見て別の女が寄ってきて、

「あらー、それ、どこの?」

ときいた。すると彼女は、

「レブロン。マスカラはレブロンのアルティマIIが一番いいわよ」

と宣言し、崩れかけた顔面の修正に余念がなかった。

みんな、ああだこうだといいながら、お洒落《しゃれ》をして部屋を出ていった。私は秘書が来ないことには帰れないので、おとなしくじーっと待っていた。三十分くらいして彼女は顔をみせ、

「会議がのびているから、あと三十分くらい待って」

と、冷たくいった。私は車に乗っけられて連れてこられた身だから、仕方なくそこいらへんにある雑誌を見ながら暇をつぶした。

彼女は、いったとおり、三十分後に姿を現わしたが、

「ごめんなさい」とか「待たせて悪かった」

などということは、ひとこともいわなかった。帰り道、彼女は、

「今日はいったい何をしたの」

と、きいた。

「ヘレンとエルマのところでサイズを測っただけ」

というと、ふんふんとうなずき、

「サイズがきちんと分かったら、仕事はもっと増えるだろう」

と、いった。彼女は悪い人のようではなかったが、いつもタカのような目付きをしていて、物凄《ものすご》い威圧感のある人だった。帽子をかぶせてほうきにまたがらせたら、すぐ空を飛んでいきそうな感じだった。彼女の車の送り迎えといい、あの監獄のような真っ白い箱みたいな部屋といい、私の会社での一日はすべて監視されているのだ。モーテルの部屋に戻るとドーッと疲れが出て、しばらくベッドの上でのびていた。また私は、

「どこでも、楽をして金をくれるところはない」

としみじみ思ったのであった。

次の日も、朝、秘書がむかえに来て、それから箱部屋にとじこめられた。朝一番に、箱部屋の女たちは、顔をあわせるとみんな口々に、

「今日の服すてき」

「口紅の色がいいわ」

「ヘアースタイルがよく似合う」

「イヤリングがかわいい」

などなど、みんなそんなに仲も良くなさそうなのに、身に着けているものをおおげさに誉めちぎっていた。私がポカーンとして見ていると、フランが寄ってきて私が着ていた服を見て、

「それは、ここで買ったんでしょ」

といった。私はこっちに来て買った服など一枚もなかったから、

「日本で買ったのだ」

といった。すると彼女は、

「へえー。結構いいわねえ」

と、小声でいいながら、感心していた。すると、横から上品なおばさまが口をはさ

み、

「日本っていうのはね、ものすごーく発展している国なのよ。東京だってニューヨークと同じくらいビルが多くて、きれいなお店もたくさんあるんだから」

と、助け舟をだしてくれた。それをきくと、そこにいた女たちは突然真顔になり、

「それはちっとも知らなかった」

という表情になった。巨大なアメリカから見れば、日本なんかほんとにちっこい島国である。私もかつては、ミクロネシアやトンガときけば、みんな腰みのをつけて、ヤリを持って走り回っていると思っていたのと同じように、彼女たちには日本には富士山があって、サムライがいるところぐらいにしか思ってない。私はこういった話を、かつてはそう思いこんでいる人もいただろうが、今そんなことをいう人なんていないだろう、とたかをくくっていたが、こっちに来てほとんどの人がろくに日本のことを知らないのでビックリした。コーヒーを飲んでることをいっただけでも相手がたまげたくらいだから、もしかしたらまだ竪穴《たてあな》式住居に住んで、土器を使っていると信じている人もいるかもしれぬ。上品なおばさまは去年日本に来たそうで、その話には説得力があった。彼女たちが話をきいている顔を見ながら、

「おどろいたか。ざまーみろ」

とつぶやいた。

おばさまの話が終り、私はここで初めて、

「日本について何を知ってるか」

と自発的に発言をした。すると彼女たちは、やっぱり、

「マウント・フジ、ゲイシャ・ガール、サムライ、ハラキリ、ヒロシマ、ナガサキ」

という、ことばを吐いた。そのほか、

「小さい島に、ものすごくたくさんの人がいる」

「ストロー・マットのうえに寝ている」

「みんなパブリック・バスに行き、男と女が一緒にお風呂《ふろ》に入る」

「御礼をいうときは、両手を胸のまえであわせて深くお辞儀をする。すなわち日本人は礼儀正しい」

どういうわけか、

「寝るまえに必ず、父親が枕元《まくらもと》のドラを鳴らす」

などという人までいて、私は、

「そんなことしてたら、頭がジンジンして眠れるわけないじゃないか！」

と、口には出さねどムッとしてしまったのであった。それをきいて私以上にたまげたのは上品なおばさまであった。彼女は、同国人があまりにとんでもないことをいっているにあせったようで、その一つ一つを訂正し、そのたんびに、

「これでいいわね」

というように私の顔を見た。

上品なおばさまがいてくれたおかげで、彼女たちの誤った認識を訂正することができた。ところがみんな仕事にいってしまい、私しか部屋に残っていないときにパートタイムの中年三段腹用下着モデルのおばさんが来ると大変だった。私はそのテの人が来るたびに、

「私は日本から来ました。そして……」

　と、自分の氏素姓を話さなければならなかった。あるおばさんはそれをきいて、

「それでは、あなたは中国人なのね」

　と、訳がわからないことをいった。

「いいえ、私は日本から来た日本人です」

　というと、彼女は胸を張って、

「ほーら、日本から来たんでしょ。それじゃ中国人よ」

　などと、堂々といい放つのである。こんなにめちゃくちゃなことをいう人たちと、これからしばらく関わりあわなきゃいけないと思うと頭が痛くなってきた。

　それは私が、パートタイムのおばさん全員と面通しをするまで続いた。彼女たちはなにかしら、

のと同じような、トンチンカンなことをいいだすからであった。そしてそういうときに限って、味方の上品なおばさまはいない。私がブロークン・イングリッシュでしどろもどろになって話していると、どういうわけかそばにベッド・ミドラーがいて、

「寝るまえにドラを鳴らす」

「うちのソニーのテレビはよくうつるのよねー。おたくのテレビはソニー？」

と、パートのおばさんたちに、しつこく同じことをきいていた。それをきいた、ガハハのおばさんは、

「あなた、昨日と同じことといってるわよ」

と、たいして面白くもないのに、部屋が揺れるような大口を開けて笑い、若手の女の子はニコッともしないで一心不乱にヤスリで自分の爪《つめ》を磨《みが》いていた。全くここの女たちにはどう対処していいのか、皆目見当がつかなかった。

それから私にも、ポツポツ仕事が来るようになり、四六時中彼女たちと顔を突き合わさなくてもよくなった。私のする仕事はモニターである。デザイナーが作った試作品をふだんの生活で身に着け、自分で洗ってその商品が気に入ったかどうかを報告するのである。最初に私に手渡されたのは、ヘレンとエルマの合作の「乳当て」であった。それはピンクの壁紙みたいな花のプリント柄で、やっぱりごてごてとフリフリがついていて私の好みではなかった。それが手渡されたとき、私の顔に出たらしく、へ

レンは、

「これ嫌い？」

といった。私がはっきりいってもいいものか迷っていると、

「嫌いなら嫌いと、はっきりいってくれないと困る」

と、怒られてしまった。

「こんな派手なプリントは、日本にはないのです」

そういうと二人は顔を見合わせ、にっこりしながら、

「それはいいかもしれないわねえ」

といった。そして、その他の試作中のサンプルを見せてくれたが、どれもこれもすさまじいお飾りがついていてハデハデなのばかりであった。

「私はシンプルなのが好きなの」

というと、彼女たちは、

「私たちは嫌いなの」

ときっぱりといった。

「シンプルなのはサリーが作っているから、私たちは同じようなものを作る必要はない。私たちは下着にたくさん飾りがついているほうが、デザイン的にかわいいと思っているからやっているんだ」

といわれた。そういわれてみればそうで、なにも私の好みを彼女たちに押し付けることはない。私は自分のサイズにあわせて作られた、その派手な乳当てをホテルに持って帰り、部屋に帰るとすぐそれに着替えて、チェックしなければならない。箱部屋の監禁が解かれ、ホテルに戻ってからも私の仕事はある。他の女たちは九時から五時まで会社にいればそれですむが、よく考えると私は二十四時間、会社の仕事をしていることになる。うまく丸めこまれた気もするが、この仕事のおかげで私はここで何か月か暮らせることになったわけで、ギャラももらえることではあるし、やはりお勤めはきちんとしなければならないのだった。

私は渡された例のごてごてした壁紙プリントの乳当てを、あらためて目の前で広げてみた。昔、エルビス・プレスリーがウクレレをもって出てきた映画に、こんなのを当てていた女が出ていたのを思い出した。ところがそれを身に着けて鏡にうつった自分の姿をみたとたん、私はワッハッハと笑いながらそのまま突っ伏してしまった。富永一朗氏が描くところの「チンコロ姐ちゃん」そのものであった。胸部に、ピンクでびらびらしたものをつけたまま、しばらく、

「これはないよなあ。ハッハッハ」

と、一人で笑っていたが、だんだん自分でもバカバカしくなり、上にTシャツを着て部屋の中でムスッとしていた。しかし、じっとしているだけではお勤めは終らない。

実際に動いてみてどうだったか、ということをちゃんと申し述べなければいけないのである。まず、手をぐるぐるまわしてみた。次に体を右や左にねじってみた。調子が乗ってきたので、ラジオ体操第一、第二までやった。そうしたら、私の体け猛烈にかゆくなってきた。

「まさかこの乳当ては、ダニつきだったんじゃないだろうね」

と、おびえつつ点検してみたが、そのかゆさはダニではなくて肩ひもやらフリルにナイロンが使われていて、アレルギー体質の私に悪影響をもたらしたのである。私の上半身は、まっかっかになっていた。

「これも、ぜひいわなければいかん」

と、紙に書き留めた。冷静に考えてみるとこの商品は基本的に素材に問題があった。だいたいものが良くないから、そのうえにいくらプリントしても、ド派手になってしまう。でも、こっちの人は素材がどうであろうと、そんなことは気にしていない。モデルの女たちが着ているものは目に鮮やかで華《はな》やかだが、縫製もひどく素材も化繊のようだった。

「日本人のからだの皮は、こっちの女みたいに分厚くないんだよ」

私はこのかゆさには耐えられず、ブツブツいいながら、自主的にこの乳当て調査はやめることにした。

次の日、私は迎えに来た秘書の車に乗って会社に向かった。自分の時計では約束の時間ぴったりに降りていったのに、彼女に冷たく、

「一分遅れたわね」

と嫌味をいわれた。道中カーラジオの時報をきいてそっと時計を確認すると、私の時計はぴったりあっていた。デザイナーの素敵なおじさまが欲しがった、セイコーの時計はそんなに簡単に狂わないのである。秘書もちらっと自分の時計をみたが、この件に関しては何にもいわなかった。しばらくするといつものように、

「きのうは何をしたの」

と、きいてきた。毎日毎日これだ。私の語学力を知っている彼女は、この話題が一番無難だと思っているのだ。まあ、私がしどろもどろになってきのうの行動を話すと、文法的にいい方が間違っているところを、細かく指導してくれたから、その点は感謝せねばなるまい。

その日は出社したとたん仕事がきた。ところが呼びにきたデザイナーが若い男だったので、部屋のほかの女たちは、

「とうとう男が呼びにきた」

と、ひゃーひゃー勝手に騒いでいた。彼はジミー君といい、背格好及び顔面はまさに金髪のせんだみつおだった。私がこの会社に来てすぐ、彼が箱部屋にはいってきた

のを見たことがある。その時のみんなの扱いは、他の男に対する扱いとまったく違っていた。彼は背格好といい顔のでかさといい、日本人の男とたいして変らなかったので、私としては容姿に親しみをもったが、彼女たちは彼のことをおもちゃにした。ジミー君が入ってくると「巨乳」がむんずと彼の胸ぐらを掴《つか》み、自分の胸の谷間にジミー君の顔を押し付けて、

「ワッハッハ」

と大声で笑いながらぐりぐりやり始めた。それを見たみんなはピーピー口笛をふいたり手を叩《たた》いて大喜びしていた。小柄なジミー君は、塀に首ったまがはまり込んでしまったような格好で手足をばたばたやっていた。しばらくして「乳間攻撃」から解放されると、逆立ってしまった髪の毛を静かに手で撫《な》で付けながら、「いやあ、参ったなあ」という顔をして別段怒る様子もない。そして照れながら彼が部屋を出ていくと、いっせいに皆はまた大笑いしたのだった。彼のあとについて部屋に入ると、早速、

「君の意見を聞きたいんだけど」

といって、引き出しから山のようにパンツを出してきた。上半身から下半身にと対象がうつったのでビビッた。

「これを着なければいけないのか」

ニコニコしている彼にむかって、キッとしていった。

「違う、違う。ただデザインが気に入るかどうか、いってほしいだけだよ」

彼はあわてていった。私はホッとして、それでは気のすむまで見てやろうじゃないの、と目の前に山になっているパンツを手にとった。私はむんずとパンツをわしづかみにしたのに、一生懸命デザインしたジミー君は、とってもうれしそうに一枚一枚ていねいに私が見やすいようにテーブルのうえにパンツを広げていた。ピンと小指を立てているその姿をみて、私は一抹の不安を覚えた。そして、もう一つ不安を覚えたのは、目の前に広げられたパンツである。どれもこれもデザインがすごかった。レースがふんだんに使ってあって、その点ではなかなかゴージャスではあったが、真っ赤とかオレンジ色といったドギツイのばっかりで、成人向きのエッチな本のグラビアのモデルが、こういうのをはいていた。

「これがね、いままでで一番売れたデザインなんだ」

金髪のせんだみつおは、紫色したパンツを大事そうにテーブルの上に広げた。私はそれを見てギョッとした。三角形の両脇《りょうわき》がただヒモだけでつながっていただけだったからである。今はこれくらいのデザインのものは売っているが、十二年前の日本ではそんなデザインのものは一般の店では売ってなかったのである。おまけにその三角形の部分が全部紫のレースでできていて後ろも前も全部透けている。これはパンツというよりも、幽霊が頭につけて出てくる三角の布きれみたいだった。

私がひとことも発しないので、彼は心配そうに、

「こういうの嫌い？」

と、いった。

「日本では、見たことがないから」

というと、彼は興味深そうに身をのりだし、

「日本では、どういうのがポピュラーなの」

とたずねた。私はパンツ評論家じゃないから、くわしいことはよくわからないが、とにかくこんなに色がドギツくないこと、間違っても透けたパンツなんか、普通の女の子ははかないといった。彼はそれをきいて、

「日本人の女の子がはいてるのは、こっちではおばあさんしかはかないんじゃない」

と、不思議そうな顔をしていた。そして、

「それでは、このパープルのパンツのどこが良くないと思う？」

と、もっと突っ込んだ質問をしてきた。いいたいことはたくさんあった。でも語学力が不足していた。

「えーと、そのヒモが、ヒモが問題なのよね。うー、あのー、つまり、アイ　ドント　ライク　ヒモなのよねー」

と、ぶつぶついいながら、ヒモの部分を指さした。そして、それ以上のことは絵を

描かなければわからないと、メモを持ってきてもらった。足元に三角巾《さんかくきん》パンツが落ちて、赤面している女の子の絵を描き、その隣りにオーソドックスなビキニパンツをはいて、ニッコリ笑っている女の子の絵を描いて手渡したら、せんだみつおもその意味がわかったようだった。

「でも、このヒモタイプのほうが服にラインがでないから、とっても評判がいいんだけどなあ」

彼は本当に残念そうにいった。

「ラインが出るのを気にして、パンティホーズしか履《は》かない女性だっているんだから」

ともいった。私はそのパンティホーズとやらは、いったいなんだろうと思って、いつも携帯しているポケット英和辞典で調べた結果、パンティストッキングのことだとわかった。

そのことは私が疑うまでもなく事実だった。あるときスーザンが、突然、スカートをまくりあげ、

「日本にも、こんなのある?」

といって、自分のはいているヒモしばりパンツを見せた。私があまりのことに、のけぞって頭を横に振ると、彼女は、

「これはとっても楽でいいのよ」

といってニッコリ笑った。どう楽なのだろうかといろいろ考えたが、単にはいていてモタモタしない、ということをいいたかったのだろうと解釈した。そのあと、ベッド・ミドラーが別の女の子と話をしていて、これまた突然スカートをまくりあげた。そして、せんだみつおのいう、パンティホーズのゴムをズリズリとずりあげながら、ガガガと豪快に笑っていたが、私は彼女の笑い声より、下半身にとぐろを巻いてへばりついていたモノが目の裏に焼き付いてしまって頭がクラクラした。

「ここの女たちには、羞恥心《しゅうち》というものはないのだろうか」

彼女たちは女同士でいるとき、目の前で何をしても全然平気だった。スカートをめくるなんていうのは日常茶飯事。堂々と腋《わき》の下の毛は剃《そ》るわ、ワキガどめクリームは塗るわ、パンツは脱ぐわ、もうちょっと何とかしてほしかった。私は彼女たちに、

「あなたは本当にシャイね」

と、皮肉っぽくいわれた。ことばがろくに喋《しゃべ》れないということもあるが、これだけ気の強い私でも、彼女たちからみたらブリッ子に見えたのかもしれない。日本にいるときは同じクラスの男の子を、毒舌でビビらせていた私がである。私はホホホと笑いながら、腹の中で、

「あんたたちよりはマシだわよ」

と思っていた。

若手の女たちは年増組がいなくなると早速寄り集まって、ギヒヒヒといいながら、きのうの夜の成果についておたがい報告しあっていた。もちろん私もいたが、

「こいつはろくに英語がわからないから平気だろう」

と思われていたようで、彼女たちにとって私はそこにいながら無視される、透明人間のような立場だったようである。私もろくに英語がわからないくせに、悪口とかスケベな話はしっかりわかってしまう自分の耳には驚異を覚えた。また、彼女たちの話がリアルというか下品というか、身振り手振りで再現して見せるので、いっときここの部屋はポルノ映画のスタジオみたいになってしまった。私は雑誌を見るふりをして知らん振りをしているものの、耳はしっかりダンボになってひとことも漏らさず聴いていた。彼が浮気した罰になめるフリして噛《か》みついてやった、とフランがいうと、スーザンはソファに座ったまま足をバタバタやって、スカートがまくりあがるのもかまわずキャーキャーいって喜んでいる。

「語学に堪能だったら、ここで阿部定の話をしてド肝を抜いてやるのに。その程度のくだらん話で喜ぶな」

私はだんだん腹が立ってきた。年増組のおばさんがいったように、彼女たちは金と男にしか興味がないようだった。私の知っている限り、ここで耳にしたのは少なくともそういった内容の話ばかりであった。

ところがあるとき、金とスケベな話しかしない彼女たちが本を読んでいた。みんな同じ本だった。ペーパー・バックで、服のジッパーが開いている隙間《すきま》から、女の人のヌードがかいまみえる、という装丁で、そこには「FEAR OF FLYING／ERICA JONG」と書いてあった。その本をこの部屋に出入りする、ほとんどの女が持っていた。ペチャパイも巨乳もみんな読んでいた。

「面白い?」

私はフランにきいた。すると彼女は、

「面白い」

といった。今度は、年配のパートタイムのおばさんにきいてみたら、

「面白くない」

といった。上品なおばさまにきいたら、

「私は読んでないわ」

ということだった。あの思わせぶりな装丁といい、きっとスケベな小説なんだろうなと思っていた。でも、あれだけの女が読む本であるから、きっと何かあるに違いない。私はいつもの帰りの車の中で、秘書に、

「マーケットで買物をしたいから、そのまえで降ろしてくれないか」

とたのんだ。すると彼女は、わかった、といいながらも、

「いったい何を買うの」

と、そこまで私にいわせようとする。彼女は私の行動を、いちいちチェックしたいようだった。

「本です」

「何の本?」

「FEAR OF FLYING」

「そう。どうして」

「みんな読んでいるから」

そういうと、彼女は黙ってしまった。そしてしばらくすると、

「私はあまりいいことだとは思わない」

といった。私は何が何でも読みたくてたまらない、というわけでもないので、はっきりいわれると、口には出さねど、「じゃあ、いいです」という雰囲気になってきた。いちおう文句はいいながらも、秘書は私がたのんだとおり、スーパーマーケットの前で降ろしてくれた。私が中に入っていくと、化粧品売場の女の子が走り寄ってきて、

「このごろ来なかったね」

といった。私は、ごめんごめん、ととりあえず謝り、

「ここにはペーパー・バックがあったよね」

ときいた。彼女はうなずいた。

「FEAR　OF　FLYINGって知ってる?」

ときくと、彼女は目をまんまるくして、

「その本のこと、知ってるの?」

といい、ペーパー・バックのスタンドがあるところに連れていってくれた。

「私もいま読んでるの」

と、彼女はいった。これだけ人気があるんだったら、買っておいても損けあるまい、と判断し、一ドル九十五セント払ってホテルに持って帰った。表紙にはアップダイクのお誉めのことばが印刷してあったり、ヴィレッジ・ヴォイスやニューヨーク・タイムスのおことばもあった。ベッドに寝っころがりながら、パラパラとページをめくっていたら、「ジップレス・ファック」ということばが目についた。

「ジップレスというのは、ジッパーと関係があって、ファックというのは、やっぱりあのファックかしら」

などと考えていたらだんだん眠くなり、そのままガーガー寝てしまったのであった。

そのペーパー・バックはぎっちり活字が詰まっていた。とても私の英語力では読めそうになく、これをあの白い部屋に持っていったら、みんなにバカにされることは間違いない。そう判断して私は、本をボストンバッグに突っ込み、日本に帰ってからのお楽しみにすることにした。

次の日出社するとすぐお声がかかった。サリーが呼びにきた。この人の印象は強烈だった。だいたい化粧をするのは、もとの顔より少しでもよく見せようとしてするものである。ところが彼女の場合は、明らかに化粧がギャグになっていた。もともとは悪くないのに、眉毛《まゆげ》を真茶色で真一文字の一筆書き、まぶたには五ミリ幅のアイライン。ほっぺたには赤紫の頬紅《ほおべに》を、真ん丸く塗りたくっている。よせばいいのに口紅にもその赤紫がつけられ、彼女が私の緊張をほぐそうとにこっと笑うその顔は、子供のころ「ジェスチャー」で見た柳家金語楼《やなぎやきんごろう》の笑い顔にそっくりだった。

「これはとっても評判が良かったの」

彼女はそういって、私に一枚の乳バンドを見せた。シンプルなデザインで、これならチンコロ姐ちゃんにならなくてもすむなと思っていたら、彼女が、

「これ小学生用なの」

といったので、がっかりした。こういう色気のないのは、こっちではガキどもにしか需要がないようだった。

その乳バンドを預かって箱部屋に戻ると、スーザンがちらっと私のほうをみて、

「最近彼らは、日本人にしか興味がないみたいね」

といった。フランも、

「あーあ、本当に退屈だわ。あたしの分の仕事まで取られてるんじゃないかしら」

とあくびをしながらいった。

「うるせえなあ、いちいち」

私は腹のなかでぶーたれながらも、聞こえないふりをしていた。

朝からひとっところに集められてはいても、みんな仲良く連れ立って、一緒に御飯を食べに行きましょ、という雰囲気は全くなかった。別に昼飯に誘われることもなく、こっちも一緒に連れていってということもなく、てんでんバラバラであった。私は相変らず食堂のサンドウィッチ自動販売機で昼食をすませていた。しばらくたって気が付いたのだが、私がいつも待機している箱部屋だけでなく、ここの建物の部屋という部屋にも、全く窓がなかった。食堂にももちろん窓がなく、おひさまの顔なんか見えない。このまま陽《ひ》に当らないと、背骨が曲がってしまうのではないかと思った。

「やっぱり若人はおひさまの下で、元気に動かなければいかん」

私はターキー・サンドウィッチとコーヒーが入った紙コップをもって、駐車場に出てみた。そのまわりは、一メートルくらいの高さの草が生い茂った野原になっていた。適当な場所がないかときょろきょろしていたら、ちょうど一メートル四方くらい、草がヘタっとして芝生状になっているところがあった。私はそこに犬が脱糞《だっぷん》していないか確かめ腰をおろした。まわりに何もないが、窓ひとつない部屋でもそもそ食べるよりはずっとマシだった。青い空はだだっぴろく、遠足にやって来たような気分であった。深呼吸をしていたら、背後からガサガサ音がしはじめた。「ブイブイ」だの「ブガブガ」だの、小さくこもった音も聞こえてきた。腰を半分浮かせて、万が一のときのため逃げる体勢をとった。しばらくすると、草をかきわけてカモ四羽が仲良くつながってやってきた。突然のことにビックリしたが、あっちもたまげたようだった。私の姿を見て一瞬、

「ブガァ」

と鳴いてのけぞったものの逃げもせず、私が腰をおろしている後ろのほうにそーっとまわりこみ、足をたたんでうずくまってしまった。肩越しにようすをうかがっているると、そのなかで一番からだの大きいカモが眠っているふりをしながらも、薄目をあけてこっちを見ているのがわかった。なんとなく迷惑そうな顔をしていた。

「これ食べる?」

といって、サンドウィッチに挟《はさ》まっていた、七面鳥のローストをすすめてみた。カモたちはいちおうくちばしでつっついてはみたものの、同じ仲間の肉には興味がないようだった。ここであったのも何かの縁と、私はカモと仲良くしようと試みたが、相変らず彼らは迷惑そうな顔をして、私のことを無視していた。もしかしたらこの場所は、ずーっと前からこのカモたちの憩いの場だったのかもしれない。四羽でダブルデ

ートかなんかをしていて、みんなで仲良く池で遊んだあと、おひさまを背中にあびながら、のんびりお昼寝する場所だったのかもしれない。そこへわけのわからぬ、今まで見たことがない髪の毛の黒い顔の平ったいのに、七面鳥のローストをすすめられたって、迷惑なことこのうえないのは当然だろう。

「どうもお邪魔しました」

私は箱部屋に戻ることにした。ふりかえってみたら、カモたちはみんな背伸びをして、羽をバタバタやっていた。

「あーよかった、よかった」

と喜んでいるようであった。中に入ると何人もの人に、

「外でターキーのサンドウィッチを食べてたでしょう」

といわれた。自動販売機で何を買ったか、昼休みはどうしているか、逐一見ている人がいたんだろう。いい加減ほっといてほしかった。

午後は会議に同席するようにといわれた。相変らずマニキュアが半分とれかかっているエルマや金語楼顔のサリーをはじめ、目つきの鋭い営業部長、ほかには見たこともないおじさんたちが十人くらいいた。みんなが真面目《まじめ》な顔をして話し合っているなか、私は何が何だかわからずボケッとしていた。すると突然みんなが私のはうを見た。

「はっ？」

というと、サリーがにこっと笑って、

「今まで私たちがデザインしたものはどうだった？」

と聞いた。デザインのことをあれこれいうのは趣味の問題だから、いうのはヤメにしたほうがいいかしら、とかいろいろ考えてしどろもどろになっていたら、彼女は自分のいったことが私にわからないのではないかと思ったらしく、もう一度ゆっくりいい直してくれた。私は、うんうんとうなずきながら、何ていおうか考えていた。そして、大きく深呼吸してから、

「どれも胸が大きく見えすぎるような気がします」

といった。すると、今度はみんなのほうが、

「はっ？」

という顔をした。私はいい方が間違っていたかと、あわてて、

「私は大きく見えるのは好きじゃない」

という、教科書調のぶっきらぼうないいかたをした。みんなは口をあんぐりあけたまま、お互い顔を見あわせていた。サリーは困ったような顔をして、

「大きいのは、好きなの嫌いなの？」

といった。

「嫌い！」

私がそういったとたんに、その会議はパニックに陥ってしまった。みんな、

「ひえー」

と驚き、おろおろしていた。目つきの鋭い営業部長がいった。

「もう一度聞くけど、大きく見えるのは嫌なんだね」

「はい！」

いくらいっても信じてくれないので、私は力一杯頭をこっくりした。

「うーむ」

みんなは突然黙りこくってしまった。私はうつむいて、

「だってでかいのは、やなんだもん」

と、小声でぶちぶち文句をいった。

「アメリカの女の子は、少しでも胸を大きく見せたいと、必死になっているんだけどね」

「ああ、今まで少しでも大きく見せるようにデザインしてきた努力はどうなるんだ」

というおじさんもいた。

「だって日本人の女の子がそういうんだから、しょうがないじゃないか」

「そんなこと、女としておかしい」

「嫌だと思うことは避けたほうがいいですよ」

「基本的に方針を変えなければいけません」

大変なことになってきた。私は肩をすぼめて、けんけんごうごうの嵐《あらし》が過ぎ去るのを待っていた。私の友達のみっちゃんもよりちゃんも、みんなでかく見えるのは嫌いだっていったから、これでいいんだ、と自分にいいきかせた。

「日本人が、胸が大きく見えるのは嫌いだというのは、きっと着物を着る習慣があったからだと思います」

突然、サリーがおごそかにいった。

「帯で締めつけているし、やはり着物にはフラットな胸のほうが、都合がいいのではないですか。だからいまだにそういう意識があると思います」

なかなか鋭いご意見であった。

「でも毎日着物を着ているわけでもないし、普段彼女たちはアメリカの女の子と同じように洋服を着ているんだよ」

営業部長は困った顔をしていった。

「洋服には胸は大きいほうがいいんだけどね」

溜息《ためいき》までついていた。

「いっとくけど僕は君の意見には賛成しかねるね」

少しでも胸を大きく見せるために努力してきたといったおじさんは、キッとして私の顔を見た。

しばらく沈黙が流れたあと、私は部屋に戻ってよろしい、といわれた。箱部屋のドアを開けたとたん、またスーザンに、

「私は会議に出たことなんかないわ」

ときこえよがしにいわれた。私は蹴《け》とばしてやろうかと、彼女の長くてきれいな足をにらみつけたのであった。

それから毎日、お昼は自動販売機で買って、外で食べていた。白い箱の中から出てくる会社の人たちは、

「あんなことをしている」

と笑って見ていた。なかには、

「ピクニックかい」

と、大声でたずねる人もいた。もともと食べ物には執着しないたちなので、一日一回くらい自動販売機からガチャンと出てくるものと、これまたジャーッと紙コップめがけて出てくるコーヒーでもよかった。たまにはこの間でっくわした、カモのダブルデート・カップルとまた顔を合わせることもあった。最初のころは、のけぞりぎみで警戒していた彼らも、たびたび私が彼らの陣地に大きなお尻《しり》で座っているので、迷惑そうな顔をしながら私と一緒に座って、羽づくろいをしていた。

「ハロー」

そういってもしらんぷりをしていた。

「まあ、君たちとも心が通いあう日もくるさ」

といってみたりしたが、カモのほうは相変らず、

「変な奴」

というような顔をしていた。

孤独な日々は延々と続いていたのであった。

最初のころは私の行動に興味を示していた秘書も、こう毎日送り迎えをしていると、かったるくなってきたようで、車の中でも無駄口は一切たたかなくなった。彼女にとって、ちっとも面白くない仕事をいいつけられて、いいかげんうんざりしているようだった。彼女がそういう態度を見せ始めると、こっちも気まずくなって会社に行くのが嫌になってきた。ホーム・シックにはかかっていなかったが、生来の怠け者のため、檻《おり》の中に入れられているような生活にあきてきた。でもここでガマンしないと暮していけない。会社から一週おきの金曜日に支払われるギャラは、ホテル代を払うとあとほんの少ししか残らなかったので、生活はギリギリだった。もうちょっと何とかなると思ったが、日本にいるときと同じようにやっぱり私には金がなかった。

「ホテル代が何とかなればなあ」

そうぼやいても私には何の名案も浮かばなかった。ホテルのお兄ちゃんたちはいい人だったが、あの無邪気な笑い顔は私の財布から払った大金で、たんまり給料を貰《もら》ったからではないかと勘ぐりたくなった。

ある日、フロントの前を「こんちわ」と挨拶《あいさつ》をして通りすぎようとすると、支配人が、

「今度の土曜日は空《あ》いているか」といった。私がこっくりうなずくと、

「セイリングに行かないか」

というではないか。私は、

「リッチ、リッチ」

といいそうになるのを必死でこらえ、前のめりになって、

「はい、行きます、行きます」

と明るく答えた。

「やったあー」

私は部屋に戻って、ベッドの上でボンボン跳《は》ね回りながらギヒヒヒヒと笑った。そのあとで、

「人間、我慢していればきっといいことがあるとかあちゃんが言っていたが、やっぱしいいことがあった」

と、涙が出そうになった。今まで、アヒルにガアガアと追っかけられながら、武蔵関公園のボートしか漕《こ》いだことのない私である。加山雄三や石原裕次郎が持っているクルーザーではないにしろ、いちおう帆のついたヨットである。

「もしかしたら、彼、私にジワジワとにじり寄る気かもしれないわ。押しの一手で迫ってこないところが紳士だわねえ」

などといいながら、ベッドの上で一人身もだえていた。

とうとうその日はやって来た。彼はオープン・カーにヨットを括《くく》りつけてやってきた。私の姿を見ると、真っ白い歯を見せて片手を上げた。

「くくくくく。何て美しいんでしょ」

爪先《つまさき》立ちして宙に浮いている気分であった。空は青く晴れ渡り、まるで私たちの前途を祝福しているかのようであった。彼はビュンビュン車を跳《と》ばしていった。こんな車に乗ったことがない私は、

「キャハハ、ケネディとジャクリーンみたい」

とはしゃいでいた。

到着したのは閑散とした入江だった。どこの海かと思ったら、そこはハドソン川であった。彼が一生懸命ヨットを風に乗せようとするのだが、なかなかうまくいかない。ヨットの知識も皆無、ろくに英語もしゃべれない私は、ただそこいらへんをうろうろ

するばかりである。が、二、三十分すったもんだしたあげく、やっとスピードを上げてヨットは走り出してくれた。彼は相変らず風の向きをチェックしながら、いろいろ忙しそうなのである。私はボーッとして、風光明媚《めいび》でも何でもない風景を見るしかなく、とっても退屈だった。いいかげん景色にも飽き、やることはないかとキョロキョロしていたら、船底からまっすぐ棒切れが立っているのが日についた。何だろうと思っていじくりまわしていたら、彼が振り向き、

「Ｅａｓｙ、Ｅａｓｙ！」と叫んだ。私は、

「ああそうか、簡単なのか」

と、力任せにぐりぐりとその棒切れを動かした。そのとたんヨットは大きく傾き、私の体は一瞬宙に浮いた。気がつくと私は、汚くて臭い水中でガボガボしていた。ライフ・ジャケットなんか着てないから、このままでは死んでしまう。風呂《ふろ》といい川といい、どうも水が溜《たま》っているところは、鬼門のようであった。私は必死でカエル泳ぎをして、ボカッと水面に顔を出した。彼はそのときとんでもない方向を探していたが、地獄の黙示録のマーロン・ブランドのように水面からボーッと頭を突き出している私を見つけ、あわてて助けてくれた。

「大丈夫？」

そういってヨットに引き上げてくれたものの、明らかにブルーの目玉は怒っていた。

私は体中に、ハドソン川の臭いゴミをくっつけたまま、ただの船の重石となってじっと座っていた。おまけに降りるときに、帆を張っているポールにしこたま頭をぶつけてしまい、たんこぶまで作った。

「アナタノコトヲハカタニンギョウトヨンディイデスカ」などといわれることを夢見ている場合ではなかった。

気まずい沈黙が漂う帰りの車のなか、私は、

「ううっ、イージーっていったいなんなのだ」

と心のなかで叫びつつ、明らかに支配人夫人の座が遠のいていった自分に、深い溜《ため》息《いき》をついたのであった。

やっぱり私には、アメリカン・ドリームなど関係ないのであった。次の日、例の箱部屋で待機していたら、フランが突然、

「あなたはいつもどこでランチを食べてるの」

ときいた。

(今頃《いまごろ》、遅いんだよ)と腹のなかでむくれつつも、

「会社の自動販売機でサンドウィッチを買って、天気のいい日は外で食べてる」

と答えた。すると、彼女はただでさえ大きな目玉をカッと見開いていった。

「えっ？　毎日毎日、自動販売機で買ってるの？」

こっくりとうなずくと、彼女は、

「全く、あの秘書はいったい何やってんのかしら」

とブツブツいい始めた。

「彼女は気取ってばっかりいて、思いやりがないのよ」

横からソニーのおばさんも口をはさんだ。

「明日から私たちと一緒に行きましょ」

彼女たちは、そういってニコニコ笑った。うれしいことはうれしかったが、その半面また面倒くさいことに巻き込まれるのは、嫌だなあと思った。

翌日、私たちはゾロゾロ連れだって、車で十分くらい行った、ログ・ハウス風のカントリー・スタイルのレストランに入った。

「ここは夜になると、女の尻《しり》目当ての長距離トラックの運転手が集まるのよ。私たちはランチしか食べにこないわ」

と、フランがいった。ただ太い木をぶった切っただけのテーブルには、アルミのバケツに入った、山のようなきゅうりのピクルスがドーンと置いてあった。ドリー・バートンによく似たウエイトレスが注文を取りにきた。メニューを見たら、ランチはバーガー・サンドだけだったので少しホッとした。私は「ツナ・サンド」と人声でいうと、ドリーちゃんは小声で復唱して手元のメモに書き込んだあと、

「フニャフニャ」

と何事か私に聞いた。注文したらそれですべてが終ると思った私は、

「へ？」

といったまま、ボーッとしていた。

「パンはどれにするの」

隣りに座っていたガハハのおばさんが、メニューを私に見せながらいった。なるほどそこにはいろいろなパンの種類が書いてあって、好きなのを選べ、と書いてある。

「ホール・ウィート」

発音に気を付けていうと、ドリーちゃんはニコニコしながら引き下がっていった。

「ホール・ウィートは体にいいのよ」

おばさんは、私の選択にまんぞくそうにうなずいていった。そして、ピクルスを備え付けの大型楊枝《ようじ》で刺して、むりやり私に食べるようにいった。

「ピクルスも体にいいのよ」

私はあまりのすっぱさに背筋をゾクゾクさせながら、大きなきゅうりのピクルスをボリボリ嚙《か》んだ。

長距離トラックの運ちゃん相手のせいか、あっという間にツナ・サンドが運ばれてきた。ところが発音に気をつけていったにもかかわらず、パンは普通の白パンだった。

みんなの目は私のツナ・サンドに注がれた。私が「ホール・ウィート」といったとき、それをきいてみんなこっくりとうなずき、

「それなら通じる」

と認めてくれたのである。

「もう一度いってごらん」

おばさんは私にいった。ゆっくり「ホール・ウィート」というと、みんな、

「ちゃんといってるよねえ」

というように首をかしげていたが、ドリーちゃんに文句をいおうとはせず、

「時間もないし、今日は我慢してそれを食べろ」

といった。私も「白」だろうが「ホール・ウィート」だろうが、特に思い入れはなかったので、

「はいはい」

とおとなしくそれを食べた。パンが破れんばかりにツナが入っていて、さすがの私もお腹《なか》がいっぱいになった。

「うーっ」

と椅子《いす》に座ってのけぞって休んでいると、みんなは伝票を真ん中に置き、頭を突き合わせてゴソゴソやっている。のぞきこむと自分の食べた分を払うため、ドル紙幣を

出しておつりをくれとか、あなたの計算は違っているとか騒いでいる。

「あなたも計算してよ」

といわれたので、さっと足し算して金額をいった。すると、今まで頭を突き合わせていたみんなは、しーんとなった。そして、

「あんたは算数が得意なのか」

ときいた。私が首を横に振ると計算がとても早いというのだ。単純なサンドウィッチと飲み物の足し算くらいできるわさと思ったが、みんなは私のことを頭がいいといって誉めてくれた。ここに来て初めて誉めてもらった。

それから何度もそのサンドウィッチ・ハウスにいったが、みんなの関心の的はいつになったら私の「ホール・ウィート」の発音が、ウエイトレスに通じるかだった。私の意思を無視して、席につくなり、

「今日もあなたはホール・ウィートね」

といった。なかにはソニーのおばさんみたいに、ちゃんと持ってくるかどうか抜け目なく賭《か》けてる人もいた。ウエイトレスが皿を運んでくるたんびに上目づかいでじーっと見つめ、私の前に白パンサンドが置かれると、みんなプッと吹き出した。何と六回目にやっと「ホール・ウィート」がやって来た。期せずしてパチパチと拍手が起こった。たかが私の発音のことで、みなさんに拍手までいただいて、ありがたいことだ

と思った。

彼女たちのお尻《しり》にくっついて食事に行くようになってから、みんないろいろと話しかけてくれるようになった。一見ふてくされながらやっているようにみえた彼女たちの仕事は、あらためて内容を聞いてみるとなかなか大変そうだった。私の場合は人様にこの胴長短足の体軀《たいく》をさらす必要はないのだが、彼女たちはお呼びとあらば、上層部が会議をしているところに行って、乳当てやパンツ姿になってにっこり笑ったりしなければならないのだった。

「あなたもやるんですか」

年配の三段腹のおばさんに聞いたら、にっこり笑って、

「たまにね」

といわれてしまった。やるほうも見るほうもたいへんだ。

「あたしたち携帯用のビデの仕事もしてんのよ」

フランが平然としていった。私がポカンとしていると、

「この会社では下着だけじゃなくて生理用品とかいろいろ開発してるのよ。一週間に一回お医者さんが来るから、結果を報告して見せるの」

と、別の若い女の子がいった。

「見せるって、何を？」

「タンポンのはまり具合！」

私が仰天していると、フランがにこりともしないでいった。

「この仕事は強制的じゃないの。やると特別手当がつくわけ。見せてあげる」

彼女は自分のロッカーからピンク色したすりこぎみたいなものを持ってきた。何だろうと見ていたら、それは日本ではあまりお目にかからないサイズの、何かとても太い棒状の生理用品であった。

「でかい」

私はただびっくりした。

「ほら見て」

彼女は職業意識に目覚め、太平洋上の島国からやって来た女に一生懸命説明してくれた。その製品は外側がピンク色のプラスチックでできていた。そして綿本体を出すための棒を押すと、そのピンク色のプラスチックの先がグワッと十文字に割れて中身が顔を出す、というしくみになっていた。見ていて怖《こわ》くなるような代物《しろもの》だった。体の中でプラスチックの先がグワッと割れるのを想像すると、恐ろしくて身の毛がよだった。

「どこが新しいの」

と聞くと彼女は、

「先が割れるところ」

といったが、こんな不気味なもの、一生懸命開発していったい何になるんだろう、と正直いって上層部の考えを疑いたくなった。このような生々しい話をしているときには、年増組は参加できないのでおとなしくしていた。そして若手がいなくなると暇つぶしに働いているおばさんたちは、興味津々《しんしん》で私のところにすり寄ってくるのだ。あるとき、昼御飯の時間が近づきはじめたら、箱部屋のすみっこでおばさんたちがもめ出した。そーっとヒアリングをしたらどうやら私が問題になっているようなのである。何かしたかしら、と内心あせっていると、なかで体が一番大きいガハハのおばさんが、そのうちの一人にむかって、

「あなたはこの間も彼女と一緒に食事に行ったんだから、今日は私が一緒に行くんだ」

といいはっている。そしてその他のおばさんたちはまわりを取り囲み、

「まあまあ、そんなこといわないで」

と、とりなしているようだった。一緒に行ったってどうってことないじゃないかと、私がひとことといえば済むのだろうが、この語学力で下手《へた》なことを口走ってまたもめ事をふやすような気がしたので、私は関係ありませんという素振りをしながら、事の成り行きを見守っていた。

私はそのときから暇つぶしで働いているおばさんたちのアイドルになった。彼女た

ちは私のおかっぱ頭をさわらせてくれといい、

「本当に顔が丸くて、目が小さいのねえ。鼻も低くていいわねえ」

と、にこにこしながらいった。いちおう誉めてくれたので、

「サンキュー」

とはいったが、内心面白くなかったのはいうまでもない。おばさんたちのもめ事も何とかおさまった。いじめられたガハハのおばさんは多少いじけていたが、みんなで仲良く食事をした。ガハハのおばさんは食事が終ると私の前に伝票を置いて、

「ほれ、計算してごらん」

といった。私が必死になって計算している間、彼女たちはじーっと私の顔を覗《のぞ》き込んでいる。やっと計算し終ると彼女は、

「ほーらね。この子は本当に計算が早いでしょ」

とまるで実の母のように自慢をした。

「ここに来た頃はろくに喋《しゃべ》れなかったけど、最近はとっても上手《じょうず》になったのよ」

と、余計なこともいった。どこの国でもおばさんの体質はみな同じだとつくづく思った。

暇つぶし労働者のおばさんたちは、やや喋れるようになった私をおもちゃにして

弄《もてあそ》んだ。私は言葉に自信がないから、ついついジェスチャーをまぜて喋ってしまうのだが、私の弱みを見つけてみんなしてからかうのである。彼女たちが見つけた私の弱点は、否定疑問文であった。中学のときに習ったように、否定疑問文で聞かれたときの答え方は、否定がついていてもなくても内容を肯定する場合はＹｅｓ、否定する場合はＮｏである。それを私は、ちゃんとＮｏと答えているのに、相手から「Ｎｏなの？」と念を押されると、つい「Ｎｏ」といいながらこっくりとうなずいてしまうのである。不思議そうな顔をしていたおばさんたちも、これは面白いいじめネタができたと思ったらしく、私に向かって否定疑問文ばっかりあびせるのだ。最初は私も緊張しているから、Ｎｏといいながら頭を懸命に横に振っているのだが、何人ものおばさんに次から次へと話しかけられると、しまいにこんがらがってしまい、ついついこっくりしてしまうのである。そうするとおばさんたちはキャーキャーいって喜び、ガッハッハと大笑いしながら私の頭をそのでかいグローブのような手でわしづかみにする。そして、

「ノー！」

といいながらグリグリと私の頭を左右にねじ曲げるのだ。頭がぐらぐらした。それを見て他のおばさんたちも手を叩《たた》いて大喜びしていた。私は巨乳軍団にいたぶられるお話リカちゃんだった。そしてひとしきりいじめたあと、今度はその分厚い体で私に

迫り、

「何てかわいいんでしょう」

といって力一杯私を抱きしめるのだった。彼女たちにしてみれば、それが精一杯の私にたいしてのお詫《わ》びの仕方だったのだろうが、はっきりいってこんなに迷惑なことはなかった。香水の匂《にお》いはぷんぷんするし、口紅はほっぺたにベタベタつけられるし、それよりもこの怪力では絞め殺されてしまうのではないかと思った。私は息ができなくなって、

「うぐうぐ」

ともがいて逃げようとしたが、手にも足にもしっかり技が決められていて、私はおばさんの気が済むまでおとなしくしているしかなかった。

おばさんたちは遊ぶのにも飽きたらしく、ボーッとしている私を箱部屋に残して帰っていった。鏡を見てみたら私の髪の毛は逆立ち目はうつろだった。このままでは体が持たないのではないかと恐ろしくなった。私は自分の身を守るため、

「これからは否定疑問文にはちゃんと答えられるようにしよう」

と固く心に決めたのであった。

あるときフランが、

「私の友達があなたに会いたいといっているから、会ってくれない」

といってきた。何でも日本文学を勉強しているらしくて、日本人の女の子が来ていると話したら、ぜひ会わせてほしいといわれた、というのであった。

「彼女は日本語も話せるから大丈夫」

日米友好のため、並びに日本文学を専攻している青い目の学生さんのためになればと、彼女に会うことにした。

パラムスのショッピング・アーケードの中にあるレストランでそのバーバラ嬢と会った。眼鏡をかけて大柄な彼女は、大きなカバンを抱えてやって来た。フランもずっと一緒にいてくれるのかと思ったら、私たちを引き合わせるとすぐ、デートがあるからと帰ってしまった。

「ワタシ、ニホンノヒトトアエテウレシイデス」

と、彼女はにこにこしていった。

「はい。私もうれしいです」

私もにこにこしていった。

「オシエテモライタイコトガ、タクサンアリマス」

彼女は使い込んだカバンのなかから、分厚い本とノートを取り出して目の前に広げた。いったい何が起こるのかとあっけにとられていると、彼女はキッと真面目《まじめ》な顔になった。

「ゲンジモノガタリニツイテデスケド」

(ゲンジモノガタリ?)

　私は必死で高校の古文の時間に習ったことを思い出そうとした。焦《あせ》りながらそーっと彼女の顔を盗み見ると、青い目をかっと見開いて真剣そのものだった。私は用がなくなったことはさっさと忘れる人間である。入試には古文も出るからそれなりに覚えもしたが、そんなことを頭のなかに入れていても、何の役にも立たない今に至っては、見事に源氏物語のことなど忘れていたのである。

「そういえば、鼻が赤いお姫様のことをやったような気がするが、あれは源氏物語だったのかなあ」

　というひどさだった。バーバラ嬢は身を乗りだし、

「ハハキギノマキニ、コトノネモ、ツキモエナラヌヤドナガラ、ツレナキヒトヲヒキヤトメケル、トイウワカガデテキマスネ」

　彼女はいった。

「はあ、そうですか」

　そんなこと初めて知った私は間の抜けた返事をすると、彼女はあれっという顔をした。

「あのー、源氏物語のこと、よく覚えてないんです。学校でもあまりやらなかったし」

「エッ？　ドウシテデスカ。ゲンジモノガタリハ、ニホンジンガカナラズヨムホンデハナイノデスカ」

彼女は怒ったような顔をしていった。

「いえ、あの、なかには好きで全巻読む人もいるでしょうけど、ほとんどの人は面白くない学校の授業でやっただけで、読んでる人はまずいないと思うんですけどねえ」

「ソレハオカシイデスネ。ドウシテジブンノクニノ、スバラシイブンガクヲヨモウトシナイノデスカ。ドウシテガッコウデ、キチントオシエナイノデショウカ」

異国で真面目に源氏物語を勉強している彼女は、そんなこと許せないという口調になって、私に詰問してきた。

「さあどうしてですかねえ」

「アナタハ、オカシイトオモイマセンカ」

そんなことといわれたって、教科書に鼻の赤いお姫様のことしか載ってなかったんだから、しょうがないじゃないの、といったとしても彼女は簡単に許してくれそうになかった。ましてや、スーパーマーケットでエリカ・ジョングの「FEAR　OF　FLYING」なんかを買ったといったら、何といわれるかわからなかった。

「ともかくですね、日本では源氏物語というのは、ポピュラーなものじゃないんです。若い人だってみんな外国文学を読んでるんですから。日本人がみんな、日本文学を読んでるとは限らないんです。アメリカの人たちだって、みんなヘミングウェイを読んでいるわけではないでしょう」

そういうと彼女は、

「ソウカモシレマセン。デモダイガクセイナラ、ホトンドヨンデイルトオモイマス」

とささやかに反論した。日本に来たことがないのに、これだけ日本語が話せるのは驚異だった。きっと青い目を血走らせて勉強したのであろう。使い込んだカバンに詰め込んできた勉強ノートも何の役にも立たなかった。今までの疑問が私と会うことで、全てわかると期待してきたのだろうが、源氏物語について無知な日本人に当ってしまった彼女が気の毒だった。私は意気消沈している彼女の気分を盛り上げようと、

「源氏物語の他はどんな本が好きですか」

と聞いてみた。

「ソウデスネ。タニザキジュンイチロウハスキデスネ」

私は当時谷崎潤一郎の本は一冊も読んだことがなかった。これまた、

「そうですか」

といってうつむくしかなかったのであった。私たちはお互い悪い人ではないことはわかっていながら、釈然としない気持ちで別れた。別れ際に、

「私はよく知らないけれど友達に聞けばわかるかもしれないから、もしこれから何か

あったときは手紙を下さい」

といって私の住所を書いて渡したときに、にっこり笑ってくれたのがせめてもの救いであった。

仕事のほうはだいぶ暇になってきて、ほとんど何もない日が多くなった。箱部屋でやることもなく暇そうにしていると、若手軍団はほっとしているように見えた。なかでも黒人のスーザンは、自分がどれだけたくさんの仕事をしたかを私に向かって得意げに話した。そして最後に、

「あなたは最近暇そうね」

といって、鼻歌をうたいながらどこかにいってしまった。お声がかからないのは、この間、

「胸が大きく見えるのは嫌だ」

などといってしまったので、その対策について揉《も》めているのではないかと思った。気晴らしに食堂にヨーグルトでも買いにいこうと外に出ると、部長室のそばにでかい男が、ケンタッキー・フライドチキンのおじさんみたいにヌーッと立っていた。それは、私がひそかに「のろまのトム」と呼んでいた、何となく間抜けた感じの中年の男だった。彼はいつものようにデヘヘへと笑いながら、

「今度の土曜日、家に遊びに来ませんか。ワイフも子供もあなたに会いたがっている

のです」

とといった。私は、

「いいですよ」

といいながらも、のろまのトム君の家に行っても、なんにも楽しくないんじゃないかと、期待はしなかった。しかし一般家庭を見せてもらうのも、これまた良い経験であると考えただけなのである。きっとああいう人の奥さんや子供たちも、みんな揃《そろ》ってボケーッとしているんだろうなあなどと思っていたのである。

土曜日、トム君は親切にもモーテルまで迎えに来てくれた。彼の家は車で一時間、もっと奥にはいった森のなかにあった。道路には「鹿《しか》に注意」の標識が立っていた。

「この間若い女性が鹿をひき殺してしまって、大騒ぎになったんです」

とトム君はいった。

トム君の家は、物凄《ものすご》く大きいカントリー・ハウス風の造りだったが、ちっとも田舎《いなか》くさくなく洗練されていた。

「この家は僕が設計して自分で木を切って建てました」

というので私はびっくり仰天してしまった。この家は単なる掘っ建て小屋ではない。日本でいえば相当の豪邸なのである。中に招き入れてもらってまたまたビックリした。四つのベッドルームにバスルームは二つ。地下にはプレイルームがあってビリヤードの台が置いてあった。壁には浮世絵の複製が飾られていた。

　奥さんも子供も私が想像していたのとは違い、ちっともボケーッとしていなかった。奥さんは美人ではないがとっても素敵な雰囲気の人だった。子供の手が離れたので勉強をもう一度するために、去年から大学に入り直して法律の勉強をしているのだといった。トム君は、

「ワイフはとっても立派である」

　とにっこり笑って彼女のことを誉めた。いつも箱部屋でギャンギャンと陽気なおばさんばっかり見ているから、そういう人しかいないのかと思っていたが、彼女のようにもの静かな人もいたのだ。十歳の女の子と六歳の男の子もなかなかかわいらしかった。男の子の顔には無数の引っ掻《か》き傷がついていて、ふだんの戦績を物語っていた。

　私たちがリビングルームにいると、外から何かが覗《のぞ》いている気配がした。赤や青の羽が左右に動いている。トム君が立ち上がって窓のそばに行き、ドアを開けて外にいる何者かを招き入れた。ぞろぞろとつながって、上目づかいの五人の男の子たちが登場した。どの子も顔は傷だらけで服も真っ黒。赤や青の羽は一人がかぶっていたネイティブアメリカンの羽飾りだったのである。奥さんは笑いながら、

「息子はあなたが家に来ると知ってからとても興奮して、友達に『家に日本人が遊びに来るんだ』と自慢したらしいんです。だから窓からそーっと覗いていたんじゃない

かと思います」

といった。きっとここの腕白少年は、まだ日本がどこにあってどういう国なのかなんて知らないはずである。日本の子供が友達に、

「こんど家にニカウさんが来るんだぞ」

というのと似たような感覚なのであろう。

「日本がどこにあるか知ってる?」

ときくと、みんな頭を横に振った。

「サムライなら知ってる」

一人の子がえいっと刀で切る真似《まね》をした。

「日本には、もうサムライなんていないんだよ」

トム君がいうと、みんなふーんと不思議そうな顔をしていた。しばらくガキどもは部屋の中をうろうろしていたが、「日本人の見物」に飽きたのか、またぞろぞろと連なって出ていった。自分たちと同じような格好をしているので、少しがっかりしたのかもしれない。

トム君と奥さん、そして私が食事をしているとき、子供たちは締め出されていた。私たちが終るまでおとなしく待っているのである。腕白少年が我慢できなくなって、そーっと部屋を覗いただけで怒られていた。食事のあとは、女の子が奏でるギターの

夕べが企画されていた。水色のロングドレスに着替え、習ったばっかりのギターの練習曲を聞かせてくれた。たまにつっかえると、腕白少年が横からブツクサいう。そしてそのたんびにトム君や奥さんに怒られていた。全三曲のギターの夕べはあっという間に終った。

「とってもよかった」

と、トム君と奥さんは私よりもっと大きな拍手をしていた。心暖まる風景であった。彼の家を出るとき、腕白少年が私の服を引っ張り、

「ちゃんと英語を喋《しゃべ》らないと、何いってるかよくわからないよ」

といった。私はワハハと笑いながら一発ブン殴ってやろうかと思った。しかし、なかなか良い家庭であった。私はトム君に送ってもらう車の中で、もう彼のことを「のろま」などというまいと反省したのであった。

美人の黒人スーザンはみんなから嫌われていた。面と向かっているときは適当に話を合わせていたが、彼女がいないときに女たちがいう悪口の数が一番多かったからである。ここの女たちはボーイフレンドの数が多いとか、洋服をどっさり買りとかいったつまんないことで嫉妬《しっと》をした。スーザンは自分でも自信があるらしく、会社が終る時間になるとロッカーからドレスを出してきて、それに着替えてはみんなの前に立っ

て、しつこく似合うかどうか聞いていた。

「よく似合うわよ」

みんなはそういいながらもうんざりした顔をしていた。

だいたい彼女のパターンはこうだった。奇麗《きれい》なドレスを着て会社を出た翌日は、朝から昨日の夜はどういう男たちと寝たかということを初めっから終りまで逐一話した。ニューヨークのディスコに行ったら、何人もの男たちが声をかけてきたので、みんなでそのうちの一人の家に行って何やらやらかしてしまったというようなことを、とってもうれしそうに話していた。若いほうは適当に茶化しながら話を聞いていたが、年増組は聞こえないふりをしていた。そして若手の彼女たちが出ていくと、年増組はざわざわと私のそばに寄ってきた。

「あんな子ばかりじゃないからね。アメリカにはもっとちゃんとした女の子もいるからね」

いつものように必死に弁解した。

「はいはい」

と笑って返事をすると、みんなホッとした顔をした。

雑誌を読もうとすると、隣りに座っていたガハハのおばさんが、つんつんと私の肩を叩《たた》いた。そしてまわりの人に聞こえないように、

「あの子は二年前に離婚して四歳の女の子がいるの。物凄《ものすご》い額の慰謝料をもらって大きな家に住んで優雅に暮してる。ここで稼いだお金は全部遊びに使っているんだって。子供はベビー・シッターにまかせて、毎晩遊び歩いているんだからしょうがないわよ」

といった。このおばさんは私をおもちゃにしてもてあそんでいたが、そのかわりみんなの噂話《うわさばなし》をこっそり教えてくれるのでなかなか面白かった。一筋縄《ひとすじなわ》ではいかない脛《すね》に傷をもつ女ばかりが集まっているので、噂話には事欠かなかったからである。

今までで一番みんながたまげた話を、このおばさんがしてくれたことがあった。あるときフランが新しく付き合い始めた中年男の話をしていた。スーザンほどえげつない話ではなかったので、若手も年増もみんなして興味津々《しんしん》で聞いていた。すると話が佳境に入っていくにつれて、それまでハッハッハと笑いながら話を聞いていた、一人の巨乳おばさんの顔色が変ってきた。どうしたのかとみんなが驚いて見ていると、突然彼女は椅子《いす》から飛び上がり、

「それはうちのジョージじゃないの！」

と叫んだというのである。つまり浮気相手と本妻が知らないこととはいいながら、仲良くハッハッハと笑いながら不倫の話をしていたというのである。みんなも突然の出来事にいう言葉もなく、ただボケーッとしていた。巨乳おばさんはしばらくそこで

こぶしを握りしめて、

「ウー」

とうなっていたが、真っ赤な顔をして箱部屋を飛び出したまま、会社には来なくなってしまった。不倫相手のフランのほうもやっぱりまずいと思ったらしく、それからジョージ氏とは会うこともなくなったとのことであった。

「本当に世の中って狭いのよね」

ガハハのおばさんは、クックックと楽しそうに笑った。そして、

「あんた、ミシン室のおばさんを知ってるでしょ」

と聞いた。ミシン室のおばさんというのはあのメイ牛山のことであろう。

「あの人と私はね、ハリウッドで一緒の部屋にいたこともあるんだよ」

おばさんは胸を張った。顔がメイ牛山だから、ハリウッド化粧品で一緒だったのかしらと思ったがそんなはずはない。私がポカンとしているのを見て彼女は、

「あたしゃ若い頃ハリウッドの女優だったんだよ」

といってガッハッハと笑った。このおばさん、どこまで人をからかうのかしらと思ったが、これも日米友好のためと、

「へえ」

とビックリしたふりをした。

私がおばさんの話を本気にしていないのがわかったのか、彼女がデザイナーに呼ばれて出ていったあと、別のおばさんが、

「彼女は本当に女優さんだったのよ。私は若い頃、彼女が出ている映画を見たことがあるもの。主役じゃなかったけど」

といった。確かに彼女はなかなか美人だった。が、典型的な外国人の中年太りの体型で、顔立ちの良さが肉の固まりに押されてかすんでいた。着ているものも昔は女優だったとは思えないほど質素で、他のおばさんたちのほうがよっぽどお洒落《しゃれ》な格好をしていた。かつてはハリウッドで映画に出ていた女優が、今では質素な普通の暮しをしている。そしてガッハッハと笑って、日本から来たいたいけない乙女をからかって遊んでいる。

「世の中って、ホントに不思議だわ」

つくづく思った。

私が感慨にふけっているとスーザンが戻って来た。こんな狭い部屋で誰が出入りしたか一目でわかるというのに、彼女は部屋に入ってくるたびに、いちいち、

「スーザンが帰ってきたわよ！」

と大声でわめいた。どこまでいっても自己顕示欲の強い女であった。そして、雑誌を読んでいる私のほうをチラッと見て、

「今日、仕事した？」

と皮肉っぽくいった。私は何もしなくても給料が貰《もら》えるほうが楽でいいやと思っていたので、仕事があろうがなかろうが気にしていなかったが、彼女はどんなことであっても自分が必要とされていることを自慢したい人だったのである。私が首を横に振ると彼女は、

「まあ、かわいそうに。同じ雑誌ばかり読んでいても退屈でしょう。買ったばかりで私も読んでいないけど貸してあげるわ」

といって、バッグの中からマドモワゼルの最新号を取り出した。

「ずっと読んでていいわよ」

そういって彼女はどこかにいってしまった。

年増連中はブツブツ文句をいい、雑誌を手にして椅子に座ったっきりの私にむかって、

「気にすることないからね」

とすまなそうにいった。

「まわりのおばさんたちも、私がここにいるおかげでいろいろ気を使って大変だわい」

とこれまたつくづく思ったのであった。

ガハハおばさんの養女問題

昼ごはんを一緒に食べに行っていたガハハのおばさんは、どういうわけか私にすりすりとすり寄ってきた。今では何の会話もなくなった送り迎え担当の秘書のかわりに、朝晩の送り迎えまでかってでた。おばさんがその旨秘書にいうと、彼女はとってもうれしそうな顔をした。おばさんもとってもうれしそうだった。困ったのは私である。このおばさんは人はいいのだが、やたらと大きな声でガハハと笑っていた。私に密着してもわめきちらすものだから、いつも耳のそばで胴間声を聞くハメになり、そのたんびに頭がガンガンした。たまりかねて私がもごもご動き出すと、おばさんはますます、

「まあ、かわいい」

といって、力一杯その分厚い胸に抱き締めようとした。確かに大柄のおばさんに比べたら、ちんちくりんの私は、アメリカでいえば小学生だろうが、日本に帰ればれっきとした二十歳の女である。背の低さでガキだと思われては困るのである。

「こういうことは何といって抵抗すればよいのであろうか」

もそもそ動きながら必死で考えていたが、頭のなかには何の文章も浮かばず、ただもごもごしたり、彼女の両腕でしっかとロックされている両手を、突っ張らせることくらいしか出来なかった。おばさんの親愛の情の表現も、私にとっては毎日プロレスの技をアンドレ・ザ・ジャイアントにかけられているようなものだった。

おばさんは毎朝元気にホテルに迎えに来た。そして必ず、

「昨日の夜は何を食べたの」

ときいた。その頃私はホテルの高くてまずい名ばかりのディナーにも飽き、例のスーパーマーケットで適当にサラダやパンを買って簡単にすませていた。腹が一杯になれば何でもいいという気分だった。野菜不足になってはいけないと、サラダ用のミニ人参にドレッシングをかけ、テレビを見ながらポリポリ食べたこともたびたびあった。正直に話すと何かいわれるに決まっているから、適当にごまかすと、

「ちゃんと食べないと、大きくなれない」

などという。彼女は基本的に私の年齢を勘違いしているのではないかと心配になった。

「私は二十歳なんですけど」

「そうだった、そうだった」

彼女はいつものようにガハハと大声で笑った。ついでに、

「隣りの小学生の子とたいして背が違わないもんだから、つい間違えちゃって」

と余計なこともいった。

私の昨日の飲食状況を尋ねたあとは、もっとつっこんだ調査が行われた。彼女は私の行動を逐一知りたがっていた。私が見たテレビ番組をききだしては、

「あの番組は見てはいけない」

と怖《こわ》い顔をしていった。彼女がダメだといったのは「SOAP」というドラマだった。俳優がなんか喋《しゃべ》るたんびに、観客からはワッハッハという笑い声が聞こえていたが、私は何がおかしいのかちっともわからなかった。

「どうして見ちゃダメなの」

「言葉が汚いから」

彼女はきっぱりといった。そういえば彼女たちは箱部屋の中で話しているとき、

「Shit」

と誰かがいうとあわてて私のほうを見て、

「日本人の女の子がいるのに、こういう汚い言葉をいってはいけない」

などとみんなでごそごそやっていた。

「たかだか『クソ』ぐらいの言葉でもめることはないのに、気い使っちゃって。彼女たちの前で突然、『fuck you』だの『ass hole』といったら、ぶったまげるだろうなあ」

とおかしくなり、きっといつかやってやろうと思った。

「最近はくだらない番組が多くて困る」

彼女は日本のおばさんたちと同じようなことをいった。

「一番好きな番組は何？」

と聞かれたので、無難なセンで「セサミストリート」と答えた。おばさんはうんうんとうなずいて満足そうだった。実は番組の名前を覚えられなくて、知っているのはこの番組くらいのものだったからである。

「私は子供がいないから見てはいないけど、あれは評判がいい」

テレビ番組だけでなく、一時が万事この調子だった。秘書との妙な沈黙漂うなかに身を置いているほうがずっと良かったような気もした。外国の人というのは、他人に干渉しないいんじゃないかと思っていたが、このおばさんは日本人の世話好きなおばさんよりもっと積極的だった。秘書とは行きと帰りだけ一緒で、箱部屋にいるときは離れていられるが、おばさんとはそうはいかない。つまり朝から晩までどちらかが仕事で部屋にいない限り、顔を突き合わせていなければならないのである。おまけに車で送り迎えするようになってから、私のことを「スイートハート」だの「ハニー」だの、身の毛もよだつような呼び方で呼ぶようになった。若い男にそう呼ばれないのが本当に残念だった。昼御飯を食べるときも一緒だった。もし彼女に黙って他の人と食事に

でも行ったりしたら、あのヤツデみたいな大きな手で私の首根っこをむんずとつかみ、

「どうして私をのけものにしたあ」

といって締め上げられるのに違いなかった。おばさんからはなるべく逃げたいのはやまやまだったが、後のことを考えるととてもじゃないけど恐ろしくて出来なかった。

小学校六年生の時、クラスの体の大きな女ボスが何でも自分の思うとおりにならないと気がすまなくて、私たちは苦労したが、そのときのことを思い出したりした。

いつもと同じようにみんなと食事に行っても、おばさんが特に私と親しいのを知っている意地悪スーザンは、偶然に同じ物を注文したくらいで、

「ほんとにあなたたちは仲がいいのねえ」

などと皮肉をいった。

「それがどうしたんだよ」

といいたかったが、言い方がわからないので目つきでムッとした表情をした。別に彼女は私と友達になりたがっているわけでもないのに、自分が仲間はずれにされていると思って面白くないらしいのだ。そのくせ気を使って誘うと、

「ダメ。男が待ってるから」

とそっぽを向く。「のろまのトム」君の奥さんみたいに素敵な人や、源氏物語の研究に命を燃やしている勉強熱心な学生さんもいたが、彼女はとても扱いにくかった。

こんな女と間違って結婚して目玉が飛び出るくらいではすまない慰謝料をとられるアメリカの男が気の毒になった。年増組がオロオロして、

「あんな子ばっかりじゃないからね」

といったところをみると、この会社はアメリカの根性の悪い若い女をえりすぐったというしかなかった。最初のころは私も、

「日米友好のため、みんなに好かれなければいけない」

と嫌らしい根性があったものだからいちいち気にしたが、だんだん慣れてくるとバカバカしくなり、

「あんな奴等と仲良くしなくたっていいや」

と無視した。しかし彼女たちにデリカシーがないのか私に迫力がなかったのか、そういう態度をとっても別段彼女たちは気を悪くするふうでもなく、その日の気分によって私のことを心配したり小馬鹿にしたりした。こんな女たちから比べれば、私が黒髪低鼻のお話リカちゃんとして、おばさんたちのアイドルになったのも我ながらうなずけた。母親から呪文《じゅもん》みたいに、

「お前は本当に困った子だ。いったいこのままでどうなるのか」

などと耳元でブツブツいわれた私が、ここでは恥かしがりやの女の子になってしまうのである。何とかして意思の疎通をはかりたいと気張っていたのに、その気張りは

相手には全然伝わっていない。他のおばさんたちは私と親しくお話ししたかったようだが、なにせ例のアンドレ・ザ・ジャイアントのバリアがきつくて、今ひとつ踏み込めないのだ。私の体は彼女が独占していた。彼女は毎日とっても楽しそうだった。運転席で明るくはしゃげばはしゃぐほど、私のほうの元気がなくなってきた。だんだん彼女に精気を吸い取られていくようだった。あるとき帰りの車の中で、彼女は、

「今度の土曜日、うちに来て食事をしなさい」

と命令口調でいった。私のウソの食糧事情をきいて、これはいかんと思ったのに違いない。

「ハズバンドのジョンにぜひ会わせたい」

ともいった。私は食事にも多少の興味はあったが、それよりもかつて女優で今はアンドレ・ザ・ジャイアントになった女をめとった男が、いったいどんな人かということのほうに興味があったのですぐＯＫした。

彼女は十時にモーテルまで迎えに来た。あらためてロビーを見渡し、

「こんな所に泊まっていたら、お金がいくらあっても足りないだろう」

といった。私がモーテルの料金をいうと目を真ん丸くして驚き、

「今まで怖《こわ》い思いをしていなければそれでもいいけど」

と不満そうにいった。彼女の家はモーテルから車で十分くらいの静かな住宅地にあ

った。ニューヨーク行きのバスの途中に通る芝生のある大きな家が立ち並んでいる区域とは違い、もう少し庶民的な雰囲気だった。家の前ではらくだに似た顔で、体の大きさがおばさんの半分しかないジョンが手を振って立っていた。家の中で待っていたのだが、待ち切れなくて道まで出てきてしまったのだという。庭には茶色と黒の大きな雄犬が二匹いた。頭の大きさが私の一・五倍くらいあった。名前は茶色のがジョニー、黒いのがキャッシュだった。もともとジョニーだけ飼っていたのだが、散歩に連れていって放したら黒い犬のお友達を連れて帰ってきたので、キャッシュという名前をつけて飼っているのだとおばさんがいった。

「私はジョニー・キャッシュのファンなんだよ」

ジョンはひひひと笑った。あまり私が好きになれそうにないタイプのおじさんだった。しかしここの犬たちは本当に性格がよかった。声をかけると二匹ともうれしがってピョンピョン跳《は》ね、生のステーキ肉のような大きな舌でペロペロ私の顔をなめ回した。

「音楽はどんなのを聞くのかね」

ジョンは犬よりも自分のほうを構ってもらいたかったらしくて、にっこり笑って私にたずねた。

「ローリング・ストーンズとか……」

そういったとたん、彼の顔が突然険しくなった。そして私の胸ぐらをむんずとつかみ、着ていたシャツの袖《そで》をむりやり捲《まく》り上げようとするではないか。いったい何事かとビックリして反射的に彼から逃れようとした。摑《つか》まれている手をふりほどこうとブンブン振り回したが、らくだみたいにヌボーッとしていてもやっぱり男の力は強い。その青筋ばった手で私の胸ぐらを摑んだままものすごくおっかない顔をしていた。

「ローリング・ストーンズだと？　まさか、お前は、お前は……」

ジョンの顔はだんだん真っ赤になってきて、腕がワナワナ震えている。何か発作でも起こしたのかしらと怯《おび》えていると、ジョンは吐き捨てるように、

「お前はヤクをやっているんじゃあるまいな」

と私の腕を疑り深い目で見ながらいった。このおっさんはそういう音楽が好きだというだけで、みんなヤク中毒だと思っているようだった。

「ちょっと、あんた！」

大きな声がして、私の味方アンドレ・ザ・ジャイアントが登場し、ジョンの胸をどすこい、と突いた。らくだはよろよろとよろけて庭のフェンスにぶつかってうめいた。

「この子がそんなことするかどうか見ればわかるでしょ！」

彼女はかみつかんばかりの勢いで、ジョンを追い詰めていった。

「ごめん、ごめん、悪かった」

彼はまず自分の妻に謝り、両手を広げて私に近寄ってきた。

「許しておくれ」

といって必要以上に密着しようとした。

「はははは」

私は力なく笑い、体はともかく顔面がなるべく近づかないように、首を反対方向に突っ張らせた。

彼は嫌がる私の肩を抱き、ヤクがどれだけ体に良くないかということを、何回も何回も繰り返した。同じことを十回も二十回もいった。いいかげんにうんざりしていると、また味方のアンドレ・ザ・ジャイアントがやって来た。

「うるさいねえ！　あんたは」

どなったとたん彼の唇をむんずとつかみ、グイッと右側にねじった。さすがの彼もばたばた暴れて抵抗していたが、すぐにシュンとして黙った。何にも関係ないジョニーとキャッシュは私たちのまわりをうれしそうに跳ねていた。

「さあ、中へどうぞ」

彼女はドアを開けて招き入れてくれた。ジョンはうつむいて私の後ろからとぼとぼついてきた。ジョニーとキャッシュは入れてもらえずドアの外である。

彼女の家は「のろまのトム」君の家と違ってとても小さかった。十畳くらいのリビングルーム、六畳くらいのベッドルームとダイニングルーム、バス、トイレ、それとこぢんまりした庭があるだけだった。もちろんプールなどはない。私の友達でもこれより大きな家に住んでいる人はたくさんいる。こっちの基準でいえば、あまり金回りがいいほうではないのだろう。彼女は部屋のカーテンやお揃《そろ》いの花模様のプリントのソファを指さし、

「これはみんな私が作った」

と自慢した。カーテンを縫うのはもちろん、ソファの張り替えもしたというのである。私たちが部屋の模様替えについて話そうとしていると、らくだが横から口をはさんできた。このおっさんの話はくどくてうるさくて、おまけに的を射ていないというひどいもので、私は腹の中で、どっかにいっててくれないかしらとブツブツいった。

「うるさい、黙れ」

彼女も同じ気分だったようで例の胴間声でガッとどなった。らくだは、

「ごめん、わかった」

といいながらまたしゅんとした。この夫婦は年中こういう会話だけをして暮しているのではないかと思った。

リビングルームでアンドレ・ザ・ジャイアントが女優だったころのアルバムを見せてもらった。山のようにある写真を見てビックリした。彼女は正真正銘の女優だった。

それもものすごく可愛い。見るからに可憐《かれん》でかわいらしい妖精《ようせい》のような乙女であった。妖精が怪物のようなアンドレ・ザ・ジャイアントになってしまうまで、きっと山のような苦労をしたのだなあと気の毒になった。

「可愛いだろう」

らくだは横からアルバムを覗《のぞ》き込んで自慢した。私はうんうんとうなずきながら、どこをどうすればあんなになってしまうのだろうかと写真を見ながら考えてみた。この姿からは今の体格は想像だにできなかった。ちゃんとピンナップ用の写真まであった。昔懐かしい襟《えり》の付いたかわいい水着を着て、片手を上げて海辺でにっこり笑っている。このまま女優を続けていれば、そこそこのランクまでいったのではないかという気がした。きっと彼女にとってはらくだと結婚したのが運のつきだったのだろう。

自分の失態ばかり見せてしまったので名誉挽回《ばんかい》をはかろうと、らくだはジンジャーエールを持ってきてしきりに私にすすめた。一口飲むたんびに、

「おいしいか、おいしいか」

としつこく聞いた。とにかくこうるさいおっさんなのである。

「はいはい」

私は適当に返事をしてアルバムのページをめくっていった。パーティでのドレス姿、楽屋でのショートパンツ姿、どれをとっても本当にかわいらしかった。ハンサムな俳

優とも肩を並べて撮《と》った写真もたくさんあった。

「この人は、今テレビのクイズ番組に出ているよ」

とおばさんは一人の俳優を指さしていった。そのクイズは、まず横三つ縦三つの大きな九個のます目の中に有名人が入っている。回答者が指名した有名人が質問を出し、正解したらそこの枠に電飾がチカチカと付く。そして五目並べのように電飾が三つ揃《そろ》えば賞金がガッポリという番組だった。そのなかで一番歳をとっているように見えた俳優の、若かりし頃の姿が写真の中の彼だったのである。

「彼があれだけ有名になるとは思わなかったわ」

彼女は小さな声でいった。どうして女優をやめたのか聞いてみると、彼女はらくだの肩をガシッと抱き、

「結婚したからよ」

といってガハハハと笑った。またしつこくどうしてかと聞くと、彼女は、

「ジョンを愛していたからよ」

といった。らくだはうれしそうにひひひと笑った。彼女にのろけられてうれしかったのか、彼は私に、

「もっと飲め」

といってジンジャーエールを何本も持ってきた。

らくだが得意げに話すには、彼は当時ある大きな会社の清掃係をしていた。たまたま見た舞台に出ていた彼女に一目ぼれしてしまい、それから毎日毎日真っ赤なバラの花をもって楽屋に行き、一生懸命くどいて我がものにした。彼女はドイツ系でらくだがイタリア系だったため、親に反対されたが二人の愛の絆《きずな》は強かったなどといった。

「私は女優をやめて後悔していない」

彼女はきっぱりといった。未練があったらこのような質素な生活はできないはずだ。そこそこの俳優をたぶらかして玉の輿《こし》にのり、プール付きの大きな家にも住めただろう。人の好みをとやかくいうわけではないが、やっぱりこのおっさんは虫が好かなかった。私がこころよく思っていないのに気が付かないのか、彼は上機嫌で私の肩を抱き、

「ヤクをやっちゃいけないよ。こんなふうになるんだから」

と耳元で囁《ささや》きながら、相変らずしつこくヤク中毒者の真似《まね》をした。

「またバカなことやって。さあ、私たちはランチでも食べましょ」

彼女は私の肩を抱いてダイニング・テーブルの前に座らせた。らくだはヤク中毒者の真似をしながら私たちの後ろをよたよたとついてきた。おばさんがキッチンでごそごそしている間、らくだは私の隣りに陣取り、リモコンで十四インチのテレビにスイッチを入れて、ガチャガチャとチャンネルを回して野球放送に合わせた。

「ほーら、これが野球だよ。見たことあるかい」

そういって画面を指さした。するとおばさんが台所からお皿片手にやってきて、

「そのくらい知ってるわよ。日本にだって野球チームはあるんだから」

と、私のかわりにみんな答えてくれた。私がただうんうんとうなずいていると彼は、

「ふーん」

と不思議そうな顔をした。彼は何か私に日本に無くてアメリカにあるものを教えてやろうとしているようだった。部屋の中をキョロキョロ見渡し、テーブルの上に置いてあった新聞を持ってきて私の目の前に広げ、

「ほーら、これがクロスワード・パズルだよ。縦のますと横のますに単語を入れて、こういう風に、ここのAとAがつながって、ほら、ますを全部埋めるんだ」

「クロスワード・パズルだってやったことあるわよねえ」

おばさんが大きなお盆を持ってやってきた。私がうなずくとらくだはちょっぴり悲しそうな顔をした。

「さあ、たくさん食べなさい。話によるとろくなものを食べてないようだから。ジャンク・フードばっかり食べてちゃだめよ」

彼女はそういって、ガラス・ボールに山のように盛られたレタスのサラダをでっかい木のフォークとスプーンで引っ掻《か》き回しはじめた。サラダを食べようとすると誰か

の視線を感じた。窓のほうを見ると、締め出されたジョニーとキャッシュが窓枠に前足を乗せて並んでこっちを見ていた。手を振ってやると跳《は》ねながら大きな声でワンワンないた。

「後でね！」

おばさんが物凄《ものすご》い声でどなると、犬たちは急におとなしくなった。サラダにはオリーブ・オイルがたっぷりとかかっていて、サラダを半分しか食べていないのにおなかが一杯になってきた。それをおばさんは目ざとくみつけ、

「おなかが一杯になったのね」

とつぶやいたかと思うと、突然らくだの肩を摑《つか》み、

「あんたがこの子にたくさんジンジャーエールを飲ませるからよ」

とギャンギャン文句をいった。彼はますます体を小さくして、

「ごめんごめん」

とあやまるだけだった。

「少し休めば食べられそうだから」

というとおばさんは、そこで体操でもしろなどという。別に大食い大会をやっているわけでもないのに面倒臭かったが、せっかく作ってくれたものを食べられないというのでは悪いので、私はラジオ体操第一をやって腹ごなしにつとめた。体をよじるた

んびにゲップが出てきそうになったが、「海外旅行のエチケット」という本に外国ではおならよりもゲップのほうが下品だと書いてあったので、ゲップを出さないようにするのが一苦労だった。

「ジョニーとキャッシュも一緒にやるかい」

おばさんはそういってドアを開けると、二匹は物凄い勢いで入ってきて尻尾《しっぽ》をちぎれんばかりに振りながら私にむしゃぶりついてきた。十分くらい体を動かして、トイレにいってそっとゲップを出したあと、私はパクパクと出されたものを全部平らげた。サラダのほかはパンケーキにチキンの焼いたのと、ポテトとグリーン・ピースの煮たものがつけあわせになっていた。犬たちはチキンを貰《もら》って喜んでいた。

「さあ、食べたあとはじっとしていると太るから、運動をしましょう」

おばさんは私を外に連れだし、家のまわりを歩き始めた。もちろんらくだも一緒である。私は右腕をおばさんに、左腕をらくだにがっちりとロックされ、まるで刑事に連行されている凶悪犯人みたいな姿だった。そういう私たちの姿をみて近所の人たちが驚いた顔をするとおばさんは大きな声で、

「この子は日本からきた友達でーす」

と叫んだ。それをきいて近所の人々はみんなにこにこしていた。感じの良い人たちばかりであった。

私は凶悪犯の連行スタイルで近所を三十分くらいぐるぐると歩き回った。驚いたことにその間商店というものが全くなかった。

「近くにマクドナルドがあるわよ」

とおばさんはいったが、「M」の字の影も形も見えなかった。

おばさんたちは町内引き回しを終ってとても満足しているようだった。家に戻っても元気でガハハと笑っていた。私はいい加減くたびれてしまい、ソファの上ででれっとしていると、らくだが思い出したように、

「暗くならないうちに写真を撮《と》ろう」

といいだした。

「それはいい考えね」

おばさんは、たまにはあんたもいいことというじゃないよという風に、らくだの肩を叩《たた》いた。らくだは照れて、でへへと笑っていた。私は少し休みたいのに猫の額ほどの庭に引っ張り出され、彼らがとっかえひっかえ隣りに立ったんびに、

「チーズ」といわされた。そういったってちっとも笑い顔にはならなかった。

飽きもせずパチパチと並列写真を撮り捲《まく》ったあと、おばさんは、

「花と一緒に撮りたいからそこにしゃがめ」

といって裏の勝手口を指さした。よく見たら、上りかまちのところに箱庭みたいな

ちっこい花壇が作ってあった。ただしそこに生えているのは貧乏くさい黄色の貧弱な花がたった一輪で、おまけにそのそばにはジョニーかキャッシュのフンまでとぐろを巻いているのであった。

「ほら、顔を花に近付けないと花と一緒に写らない」

おばさんはカメラを構えたままぶつぶついった。仕方なくなるべくとぐろを見ないようにして、しゃがみ込んで花の横に顔を持っていくと、おばさんは機嫌が良くなり、

「キュート、キュート」

とひとりで喜んでいた。らくだも隣りでうなずいている。

「ふん、何がキュートだ、バカ」

さすがのおばさんも私がちょっと不機嫌になったのがわかったらしく、さっさとカメラをしまいこんで、

「家に入りましょう」

と優しくいった。そして耳元で、

「おなかがすいたから機嫌が悪くなったのね」

とささやいた。確かに私は腹が減ると不機嫌にはなるが、それ以外の理由で不機嫌になることだって山ほどあるのである。赤ん坊みたいにむずかれば食べ物をやって寝かせれば良いというもんじゃないのだ。

「おなかはすいてない」

きっぱり断わると彼女は困ったらしく、何とかこの場をもたせようと共通の話題を探しているようだった。

「編み物は好きか」

彼女のこの発言はなかなか鋭かった。やはりこういう人にはうちの母親と同じで動物的な本能が備わっているのに違いない。

「はいはい」

というと彼女はでっかい袋を持ってきて、自分が編んでいるものを見せてくれた。

「大きな膝掛《ひざか》けですね」

実はそれはおばさんの自信作のカーディガンで彼女はムッとしていた。

「あんたもこれと同じものを編みなさい」

彼女は命令した。編むのはかまわないが、この膝掛けと間違えたカーディガンはインテリア用のマットを編むためのウールと綿が混ざった糸で、本来着るための糸ではなかった。だから分厚くて重たくて、ちんちくりんの私が着たら、ただただどさーっとした雰囲気になってしまうに違いない。あれこれ考えているというのに、彼女はその膝掛けのようなカーディガンをかかえ、

「今から糸を買いにいこう」

といって私を車に押し込んだ。

むりやり連れていかれたのは、ただ山のように糸が置かれている、ごちゃごちゃした毛糸屋だった。

「これと同じ糸が欲しいの。この子が編んで着るんだけど、どんな色があるか見せて」

おばさんは自分の自信作のカーディガンを見せながら、てきぱきと売り子のお姉さんにいった。お姉さんはにこにこしながらいった。

「自分で編むの？　えらいわね」

明らかに私のことをガキ扱いした。彼女はピンクや黄色や赤といった、まさしく子供が着るような色の糸を奥から持ってきた。

「これがいいわ、これが」

おばさんとお姉さんは私の顎《あご》の下にまっかっかな糸をあててしきりにすすめた。私の体型にまっかっかの分厚いカーディガンを着たらまるでポストである。しかし二人はこのまっかっか以外考えられない、という顔であった。

「あのー、ブルーは……」

「えっ、ブルーですって！」

おばさんは顔をしかめた。そして、

「あんたにはブルーは似合わない。赤にしなさい」

ドイツ系の人はなかなか頑固でてごわい。きっとして私に命令した。私がささやかに抵抗しようとぶつぶつちいさな声でいっているのを無視して、彼女はお姉さんにまっかっかの糸を包んでくれるようにいった。これで私はおかっぱ頭のポストになることが確定した。

「ほら、八ドル五セントだってさ」

おばさんはいじけている私の脇腹《わきばら》をつついた。人の趣味を無視してまっかっかの糸をすすめておいて、金を払えというのはあんまりではないか。しかしここで文句をいったら私はどうなるかわからないので、誠に遺憾ながらお姉さんにお金を払い、糸が入っためったやたらと重いビニールの袋を抱えて車に戻った。

「その色はとってもいいわよ。あんたはよい買物をした」

おばさんは上機嫌で運転していた。

家に戻るとおばさんは、

「この子にとっても似合う色があった」

とソファに座ってボーッとしていたらくだに大声でいった。またよせばいいのに彼も、

「はやく見せろ」

と私に迫ってくるのである。仕方なくまっかっかの糸を顔にあてて見せると、彼は目を真ん丸くして、

「よく似合う」

といった。最初は気乗りがしなかったが、みんなにそういわれると自分にとっても似合うような気がしてきた。おばさんがいったように、とってもいい買物をした気分になってきたのである。

ああだこうだやっているうちに、あっという間に夜になった。おばさんが肉を焼いてくれたがやたらと固くて味がなかった。いつまでいてもきりがないので、ほどほどのところで帰ろうとすると、らくだが私の肩を抱えて、

「帰っちゃうのかい」

と何度も何度もいった。しつこく食い下がる彼をおばさんは私から引き剝《はが》し、車に乗せてモーテルまで送ってくれた。

部屋に入って鏡の前でまっかっかの糸を顔に当ててみたが、おばさんの家で似合うと思ったのはやっぱり錯覚だった。私は一年ほど前、口のうまいブティックの店員にのせられて、似合いもしないワンピースを買ってしまったことを思い出した。そいつは、

「おかっぱが山口小夜子みたい。だからこういう黒地のプリントのチャイナ・カラー

が似合うのよ」

などとうまいことをいって、私の財布を開けさせたのである。不思議なことに店にいるときはそういうふうにいわれると、まるで自分が山口小夜子みたいな気分になっていたのだが、家に帰ってワンピースを体に当てて冷静に考えてみると、どうしてこんなものを買ってしまったのか自分であきれかえるほどちっとも似合わず心から後悔した。しかしいくら私がこの糸が気に入らないからといって、ほったらかしにしていたらきっとおばさんは何じゃかんじゃいうに違いない。他にヒマつぶしをするものもないし、私は仕方なくおばさんが書いてくれたメモに従って、まっかっかのカーディガンを編み始めることになった。

箱部屋で編み物をしていると、女たちはみんな、

「まあ編み物をしている」

といった。次から次へと何人もの女たちが出たり入ったりするものだから、同じことを何度も何度もいわれ、そのたんびにニッコリ笑って、

「そうなの」

といわなければならなかった。

おばさんはそういう私の姿を見て、椅子《いす》の上にふんぞりかえって満足そうだった。女たちが私のやっていることに興味を示すと、

「この子の作っているのは私のとおそろいなの」

と自慢気に話した。そういわれると女たちは、

「ふーん」

といっておとなしくなった。とにかく彼女は私と特別な関係であることを誇示したくてたまらないのだ。セコセコ編んでいるとすぐすり寄ってきて、

「ちょっと見せてごらん」

とちょっかいを出してきた。編み地を点検すると、

「なかなかよろしい」

などといいながら、もったいをつけて返してきたりした。いちいち彼女にあれこれいわれなくても、このくらいのことはできる。しかし彼女はつまらないことでも私のことをかまいたがった。そのたんびにまわりにいる女たちは「プッ」と笑ったり、

「何だ、この二人は」という顔をしていた。

もう少しで後ろ身頃《うしろみごろ》が編み上る、製作作業も佳境に入ってきたとき、例のスーザンが珍しくニコニコ笑いながらすり寄ってきた。

「随分たくさん編めたわねえ」

どうもいつもと様子が違うので、顔は笑いながらも警戒していると、彼女はバッグからビニール袋を出した。中には私のまっかっか糸に匹敵する、まっきっきの蛍光カ

ラーの黄色い夏糸の玉が入っていた。

「これ、コスモポリタンに出てたんだけど」

彼女はくちゃくちゃになった切り抜きを見せてくれた。そこには右手を頭の後ろに左手を腰に当て、色っぽく体をねじった水着姿のおねえちゃんの写真が載っていて、「ストリング・ビキニ『ワーオ』」などと書いてある。よくよく見ると、かぎ針編みの水着セットの通販の広告だった。乳隠しも三角形、局部隠しも三角形、そして各パーツがヒモで体に縛りつけてある、原始的で露出度の高いデザインだった。

「あたし、これ編みたいの。教えてね！」

彼女は私が何もいってないのに勝手に隣りの席に陣取り、私の目の前五センチのところにかぎ針と糸を握りしめて、

「ほら、最初はどうやるの」

と強引に迫ってきた。

「今まで編み物したことあるの」

「ううん、ぜーんぜん」

彼女はニコニコしていった。何にも編んだことがないのにのっけから水着を編もうというのはとても大胆な行為であることを、彼女は全くわかってなかった。

「水着は少し難しいと思うけど」

「あっそ。でもいいの」

彼女はあっさりとそういって、針と糸を握りしめた手を私の目の前に突き出してきた。

基本の編み方も何にも知らないで、一つ一つ教えなければならなかったが、ことばでよく説明できないので自分でやって見せて彼女に教えることしかできなかった。ところが彼女はデザイナーの間で売れっ子だったため、教えたと思うとすぐお呼びがかかって部屋を出ていってしまう。そして帰ってくるとさっき教えたことを見事に忘れているのだった。

「今度は忘れないわ」

と何度もいうのだが、同じことを十回も二十回も繰り返さなければならなかったのでいい加減うんざりした。基本的なことを覚えなければ、水着はもとより長方形のマスクだってできないのである。

「無器用だなあ、こいつ」

私は隣りで肩をいからせて、目の高さで糸と針を握りしめ、力一杯ガシガシ編んでいる彼女を横目で見ながら腹のなかでつぶやいた。この水着はまっきっきの糸を三本一緒に編むようになっていたので、彼女にそうするようにいったのだが、彼女は三本一緒にすくえないのである。

「こんなになっちゃった」

彼女は少し編んで私の目の前にグイと突き出した。そこには編むときにすくい損ねた糸がループ状になってあっちこっちにぶら下がっていた。

「こうなっちゃダメなの」

というと、彼女もマジメな顔をして、

「私もそう思う」

などという。そう思うんならちゃんとやれよと腹のなかでぶつぶついいながら、彼女がやることを見ていた。少しは反省しているから今度はちゃんとやるだろうと思ったら、相も変らず肩いからせて一本すくい損なおうが二本すくい損なおうが、おかまいなしにガシガシやっているのであった。

彼女はshitを連発しながら必死になっていた。そばで彼女に話しかける人がいると、

「黙れ！」

とどなった。なかなか根性をいれてやってはいるのだが、残念ながら手のほうがついていかないのだ。

一週間たってやっと局部隠しの三角形ができた。彼女はそれがよほどうれしかったのか、編み上がったまっきっきの三角形を股間《こかん》に当てて、

「できた、できた」

と無邪気にはしゃいでいた。しばらくみんなにみせびらかしたりしていたが、はっとして声を潜め私の耳元でいった。

「私の下の毛って固いんだけど、これで大丈夫かしら」

そんなことといわれたって、わかるわけないじゃないか。なんで私があんたの下の毛のことまで考えなきゃいけないんだ。そういうことは編む前に自分で万端怠らずに点検し、そのうえで製作に臨《のぞ》むものだ、といいたかったが、

「うーむ」

と首をかしげ腕組みをして考えるしかできなかった。

「ほら」

彼女は突然スカートをパッと捲《まく》った。

「ひえーっ」

私の目の前には、また、とぐろをまいたものが堂々と現われた。どうしてこっちの女はパンツを履《は》かないでパンストだけなんだろうか、とふだん目にしたことのない他人の毛を見せられてあせった。私が口をあんぐり開けたまま何にもいわないので、彼女はスカートを捲り上げたまま、マジメな顔をして私をじっと見ている。私たちの動作が固まってしまったのをみて、横からおせっかいな女の子がちょっかいを出しにき

た。編み上がった局部隠しを手に持ってしばらく縦横に伸ばしたりした後、彼女のとぐろをしげしげと眺め、

「これは無理じゃないの」

といったのである。

「私もそう思う」

彼女はこればっかしである。

「水にはいると伸びると思うよ」

というと、彼女はフフンと笑い、

「私、ボーイハントするだけだから泳がないの」

などという。そういう目的ならそのままのほうが効果が上がるのではないかという気がしたが、こういう女でも羞恥心《しゅうち》はあるらしく、横からちょっかいを出した女の子とああでもないこうでもないと話し合っていた。

「いいわ。このままやるから」

彼女は毛のほうを何とかするらしく、局部隠しを完成し今度は乳隠しを編み始めた。相変らず編み方は全く上達していなかった。しかし、ボーイハントのために着るという根性が彼女をそうさせるのか、今まで雑誌を読んだり化粧をして暇つぶしをしていたのが、ここのところは編み物だけを必死にやっていた。その集中力には感心した。

私が彼女に編み物を教えたのをおばさんはあまり快く思っていないようだった。会社の行き帰りの車の中で、

「あの子はどうせ男と遊ぶためにああいうものを作っているんだから、そんな子に教えることはない」

と私に面と向かってではなく空にむかってぶつぶついっていた。

「そんなことどうだっていいじゃないかよお」

私は耳元でぶつぶつ繰り返される愚痴を聞きながら窓の外を眺めていた。

恐怖の三点隠しは三週間後にできあがった。彼女は上機嫌で誰も見せてといわないのにさっさと裸になり、その手編みのストリング・ビキニ「ワーオ」を着てポーズをとっていた。もともとプロポーションがよくて肌の色が褐色だから、まっきっきでもとても似合っていた。

とにかく彼女は自分で作ったビキニを見せびらかしたくてたまらず、あっちこっちいろんなものがポロンポロンはみ出そうな姿で、鏡を意識しながらポーズをとっていた。

「よく似合うわよ」

年増組の長老のおばさんが穏やかにいった。ガハハのおばさんはそっぽを向いて黙っていた。ビキニの彼女はとても満足そうだったが、仕上がりはいまひとつで、糸を

すくいそこねたままのループがあっちこっちでぷらぷらしていた。大まかな形ができれば細かい部分は一切気にしていなかった。みんなは内心どう思っていたか知らないが、表面上は、

「なかなかいいわ」

と、事を荒だてないように無難な応対をしていた。彼女もそのくらいでやめておけばいいのに、

「フフフフーン」

と鼻歌をうたいながら突然踊り始めた。ポーズをとっているうちはまだしも、過激な動きにはついていけないストリング・ビキニ「ワーオ」は、彼女が心配したとおり股間《こかん》があぶなかった。それを見て、この間彼女が毛がどうのこうのとぶつぶついっているときに、横からちょっかいを出した女の子がすかさず、何じゃかんじゃと彼女の股間を指さしていっていた。彼女がどんなにへたくそであれ、一応形になれば役目は終るのである。彼女の股間がどうなろうと後は知ったこっちゃないのだ。

箱部屋の中で無理矢理あぶない水着を見せられたおばさんは、帰りの車の中でずーっと機嫌が悪かった。

「あんな下品なものの作り方をあんたに聞くなんて。どうかしている」

と、ぶりぶり怒っていた。別に彼女が好きで着るんだから、下品だろうが上品だろ

うが、どうでもいいではないか。おばさんはとにかく私が他の人と仲良くするのをことごとく嫌がるのである。自分の夫でさえ私と仲良くしようとすると、

「しっしっ」

と追っ払うのだから始末におえなかった。

私の食糧事情まで立ち入りたい彼女は、自分の用事がない限り、

「一緒に晩御飯を食べよう」

と誘ってきた。平日は彼女も面倒臭いのかほとんどが外食だった。近くの庶民的なレストランのすみっこで、私とおばさんとらくだの三人はささやかな晩御飯を食べた。いつも小さい肉とポテトとサラダ程度のものだった。あるときらくだが私にむかって、

「よお、チビ」

といったことがあった。私がガハハハと笑って、肉のつけあわせのグリーン・ピースのソテーをフォークですくうために必死になっていると、どうもまわりの様子がおかしい。そーっと顔を上げてみると、いつものように目の前で夫婦が大喧嘩《おおげんか》をしていた。

「あんたがチビなんていうから、この子が気を悪くしたじゃないの」

おばさんはらくだの首を絞めんばかりの勢いでどなった。何が何だかわからなかったが、おばさんの言い分によると、楽しく食事をしていたというのに、このスカタン

おやじが「チビ」などという暴言を私に吐いたので、それがショックで私は黙ってうつむいたまま、お皿を突いていじけてしまったのだ、というのであった。

「いやあ、私はただこのグリーン・ピースがすくえなくて必死になっていただけで」

彼女の誤解を解こうとしたが、おばさんにいためつけられたらくだは、ささっと私の隣りの席に移ってきて勝手に私の肩を抱き、

「本当にごめんよ。おじさんは悪気がなかったんだよ。ごめんねハニーちゃん」

と気持ちの悪いセリフをいいながら、「私を許して」という目付きをして一生懸命私の目を覗《のぞ》き込むのであった。

「だいじょうぶ、だいじょうぶ」

ハニーちゃんはそれくらいのことでへこたれるような子じゃないわさ、とにかっと笑ってやると、夫婦はほっとした顔をして溜息《ためいき》をついた。私たちが何かもめていたのがわかったのか、感じの良いおばさんウエイトレスがやって来て、

「このお嬢さんにプレゼント」

といって、白い小さな箱をテーブルの上に置いていった。

「開けてごらん」

おばさんはいった。中には直径六センチくらいのかわいいデコレーション・ケーキが入っていた。小さいのにちゃんときれいに飾りつけがしてあって、まるでおもちゃ

のようだった。

「んまあ、何てかわいいんでしょ」

おばさんが胴間声を出した。そしてそこの店の親玉みたいなおじさんを呼び、私にきちんと礼をいうようにと命令した。私も言葉でいい足りない部分は精一杯ニカニカして感謝の気持ちを表わした。

「この子はまだ英語が喋《しゃべ》れないもので。でもとっても喜んでいるから」

おばさんは私のニカニカ顔を見てすかさずフォローした。私がニカニカ笑っているときは言葉でいえない分、それで補っているのを見抜いていた。お店のみなさんに御礼をいうのも済み、何事もなかったように静かになると、おばさんは小声で、

「この分じゃチップをはずまないとダメだわね」

とらくだにささやいていた。私がじーっと二人の顔を見て話を聞いていると、彼女は、

「ハニーは気にしなくていいのよ」

といった。らくだは、

「かえって高くつく」

と、しみったれ根性丸出しでぶつぶついっていた。

食後のコーヒーを半分飲み終ったとき、らくだがおばさんの脇腹《わきばら》をこづいた。

「あのー」

彼女はテーブルの上に置いた手をしきりに揉《も》みながら口籠《くちごも》った。いつもドスドスと迫力だけがとりえなので、たまにこういう態度をとられると何か大変なことが起きたんではないかとどきどきしてしまった。二人はまじめな顔をして私を養女に欲しいといった。内心、

「やったあ。ここに住めるじゃんか」

と思ったが、親になるのがこの人たちというのはとっても問題がありそうだった。

「聞いたところによると、あんたの家には弟もいるようだし、一人くらい養女に出してもいいんじゃないか」

と彼女は勝手なことをいった。らくだは、

「ちゃんと大学に行かせるし家も直して個室もあげる。将来、日本人で金を持っている男と必ず結婚させるから」

といって、一生懸命口説いた。

「ふーん」

話だけ聞いている分にはよかったが、返事をしろといわれると困った。

「近ごろは、ベトナムの子を養子にしようと思うと高くてねえ」

おばさんはポロッといった。

「どうせ私はタダだわよ」

すぐさま断わってやろうかと思ったが、取り敢えずは日本の親に手紙で意見を聞かねばならないので、返事がくるまで待ってくれといっておいた。

モーテルに戻ってすぐ、

「こちらで世話になっているおばさん夫婦が、私を養女にしたいといっているがどうでしょうか」

と手紙を書いた。

「見たらびっくりするぞ、きっと」

どんな返事を書いてくるか楽しみだった。

養女の話があってからおばさんは私に対して、こうるさいことをあまりいわなくなった。少しでも嫌われる要素をなくそうとしたようなのであった。

箱部屋の中では、ストリング・ビキニの彼女がその水着の威力を借りて、どれだけいい男をひっかけるかがひそかな話題になっていた。

「局部隠しをあのままにしておけば、山のように男がひっかかるわよ。ただしどうしようもない奴等ばっかりだろうけど」

横からちょっかいを出した女の子がいうと、みんな大声で笑った。

「彼女はとにかく金を持ってないとダメなんだから」

「そうそう。それと大きいアレ」

話は盛り上がっていた。こういう話をするのは年増組のおばさんたちがいないときだった。私はそういうなかにいても特に発言を求められるわけでもなく、私も自ら進んで話のなかにはいるわけでもなく、ただそこにいるだけだった。そこいらへんにおいてある花瓶と同じようなものだった。

彼女の性格にも問題があったが、あれだけ陰口を叩《たた》かれるなんて、どこの国でも美人で性格の悪いのは同性から嫌われるのかしらと思った。実は自分が箱部屋にいないとき、いったいどんなことをいわれているのか知っていて、みんなに傲慢《ごうまん》な態度をとっているように見えた。私と彼女のつきあいは編み物が間にはいっても、全く以前と変らなかった。私もそれ以上すりよっていく気もなかったし、彼女も作りたいものができてしまえばもうそれでよいといった態度だった。

日曜日、私はおばさんに連れていってもらったショッピング・アーケードのなかに、玉ばかり売っているへんてこな店を見つけたので、とぼとぼ約三十分の道のりを歩いていった。その店は穴が開いたいろいろな材質でできた玉が山のようにあった。粘土、陶器、木を削ったもの、とにかく天井から床までものすごい数だった。そして隅にはいろんな色の皮ひもがぶらさがっていた。お店の人に聞いたらここはビーズの専門店で、好きな玉を選んでそれに皮ひもを通してオリジナルのネックレスを作るのだ、と胸を張って教えてくれた。ビーズといっても繊細なものはなく、どちらかというと玉というのがふさわしい、よくいえば野性的なものばかりだった。どれも私の首には大きすぎて、試しに首のところに持っていくと、「はにわ」がまが玉をしたみたいだった。しかし、店の人がにこにこしながら私が何を買うか見ているため、手ぶらで店を出るわけにもいかず、私は手作りの陶器の玉にきれいな花が描いてあるのを買った。これを誰かのお土産にしてもいいと思ったからだ。にこにこしているレジのお姉さんのところに玉を持っていくと彼女は愛想よく、

「八ドルです」

といった。窮乏生活のなか、こんな物に八ドルも払うのはとても痛かったが、日本で待っている友達が喜んでくれればいいやと、顔で笑って心で泣きながらお金を払った。

「来るんじゃなかった」

自分自身に腹が立って不機嫌になって店の外に出ると、目の前をどこかで見たような人が通りすぎた。派手な水色のパンツ・スーツを着ていたのは、ストリング・ビキニの彼女だった。しかし今日は小さい女の子としっかり手を繋《つな》いで歩いていた。女の子は髪の毛をお下げに編んでいたが、それはピンと元気よく突っ立っていた。「ちびっこ大将」に出てきた、びっくりすると毛が逆立つ黒人の女の子みたいだった。子供

の手を引いて歩いている彼女からは、私たちの前で、

「股間《こかん》があぶない」

と恥かしげもなくいう姿は想像できなかった。母はやっぱり母なのであった。

おばさんは養女問題を告白してから、めっきり口数が少なくなった。うちの親からの返事を一切の邪心なく身を清めて静かに待っているといった雰囲気だった。私はどっちでもよかった。どっちに転んでもそれなりの生活ができるし、生まれて二十年間日本に住んで、あとの二十年をここで暮してもいい。タラコみたいな生き方もまた良いのではないかという気がした。もともとその存在をなるべく忘れたい人であるため、彼女と会えなくなってから思い出すことがなかったが、突然彼女のことが脳裏に浮かんできた。嫌な予感がした。

その夜、案の定、深夜のとんでもない時間に電話が鳴った。もちろん私は明日のお勤めのために熟睡していた。ベッドの中から手をばたばたさせて受話器をさぐって耳につけると、耳にするだにおぞましい悪魔の声がした。

「イヒヒヒヒ。おフランスでシェーざんす」

十何年も前のギャグは遠い異国の地ではやめてほしいと思った。

「どうかね、元気でやっとるかね」

いつものようにテキは異常に元気だったが、私はただひたすら眠くて、

「ふぁい。もしかしたらこっちで養女になるかもしれましぇん」

といったことだけしか覚えていない。気がついてみたら、いつの間にか電話を切っていた。あの人とは長く話しても疲れるだけだから、早々に切り上げたほうが精神衛生上いいのだ。何か急ぎの用事があったら、またかかってくるはずだがそういうこともなく、単にきまぐれで電話をかけてきたのだろう。

養女問題の手紙を出してから、あっという間に返事が来たような気がした。さすがに今度は母親も、

「エリザベス女王は素敵な方でした」

などと能天気なことは書いておらず、

「そんなことは絶対に許さないから、必ず日本に帰ってこい」

とものすごいけんまくで怒っていた。

「まあ、これはもっともだわね」

私も納得した。そして手紙の最後には、

「帰ってきた日の晩御飯は牡蠣《かき》を入れた炊《た》き込み御飯に決めてあります」

と食べ物で日本への郷愁を誘おうと小細工をしている。さすがに親だけあって、私が食べ物に弱いということをよく知っているのであった。

私はそのことをすぐおばさんに話し、養女問題はダメだといった。いつも元気なお

ばさんはとたんに悲しそうな顔になって、

「わかった。私は我慢する」

とちいさな声でいってクルッと後ろを向いてしまった。「私みたいなのよりもベトナムの子供を貰《もら》ってやってください」といおうと思ったのだが、口の中でもごもごいっているうちに、英語の単語がめちゃくちゃになってしまった。そしてそのまま口をパクパクしながら、しょんぼりしているおばさんのだだっぴろい背中を見つめていたのである。

さよならアメリカ

仕事はここのところまた増え始めた。そろそろこっちに来て三か月になろうとしていたから、これが私の最後のお勤めになるかもしれなかった。いちおう日本向けに発売されるデザインも決まったらしくて、デザイナーたちもみんなホッとしたのか妙に愛想がよかった。しかし私には毎日山のような乳バンドが預けられ、それをとっかえひっかえ体に着けて一生懸命体操したりしなければならなかった。箱部屋のみんなも、今まで一人だけボーッとしていた私が急に忙しくなったので、顔を見合わせるたんびに、

「そろそろ終りかもしれないね」

といった。

ある日、朝からおよびがかからなくて箱部屋にいると、洗濯係のプエルトリコ系の女の子がそーっとドアから顔を出し、そばにいた若手の女の子に何やら囁《ささや》いた。彼女はOKサインを出し他の女の子たちに目配せをした。約束でもあるのだろうと気にもとめないでいると、十二時のベルが鳴ったとたん、若手の女の子たちはものすごい勢

いで、だだーっと部屋を飛び出していった。いったい何が起こったんだろうとあっけにとられていると、出ていった女の子の一人がこれまたものすごい勢いで戻ってきて、

「あんたを連れていくのを忘れてた」

といいながら私の手をぐいぐいと引っ張ってかけ出した。あまりの力の強さに肩が脱臼《だっきゅう》しそうになった。何が何だかわからないうちに、私は彼女の車に押し込められた。中には他の女の子たちもぎゅう詰めになっていた。

「これからいいところに連れていくから」

といった。

「でも、おばさんたちには内緒よ」

若い子たちが喜んで、おばさんたちに喋《しゃべ》ってはいけないところって何処《どこ》だろうかと考えていたら、隣りからハンバーガーを半分にちぎったものがまわってきた。

「ランチを食べる時間なんかないから、会社に帰ってから自動販売機の前に並びましょ」

と私に向かっていった。ランチまで抜いてこんなに急いでいかなければならないところなんて、私には想像もつかなかった。ドライバーの女の子はすさまじい勢いで車を運転していた。へんぴな野原に出た。道の片側は切り立った崖《がけ》で人家なんか一軒もなかった。

「あれだ、あれだ」

みんなはヒューヒューと口笛を吹いたが、目の前にあるのはとてつもなく大きなコンテナ二台だけだった。

私は奥のほうから突き飛ばされるように車から降ろされた。一人の女の子が運転手らしいやたら毛深い男と話をしていたが、彼はうんうんとうなずいてコンテナのドアを開けた。そこにはラックに掛けられたままの洋服、ワンピース、スーツ、ブラウス、セーターが山のようにあった。みんなはわっとその洋服の山に飛びつき、片っぱしから物色し始めた。私はあまりの量の多さに圧倒されたのと、彼女たちの目が血走っているのを見てびっくりしてしまい、入口で馬鹿みたいにボーッとしていた。男はドアを半開きにして、しきりにまわりの様子をうかがっていた。

「あんた、どうしたの。早くしないと時間がないわよ」

両手に山のように服を抱えた女の子が、ボーッとしている私の顔を覗《のぞ》き込んでいった。そういわれて私は近くにあった服を手に取ってみたが、どれも合繊でサイズは大きそうだし、色はピンクとかペパーミント・グリーンでとてもじゃないけど似合いそうになかった。次はセーターのほうに行ってみたが、糸の質が悪く色もゴテゴテで原宿で売っているもののほうがよっぽどマシだった。山のなかを探《さぐ》っていると、ただ一枚だけ100パーセント・ウールの表示があるセーターが出てきた。グリーンの地に黒で刺繍《ししゅう》がしてあったが、刺繍をほどけば普段着にできそうだった。

「あーら、それいいじゃない。それにしなさい」

私の肩越しにセーターを見ながら別の女の子がいった。

「お金は彼に払って」

彼女は入口で見張りをしている男を指さした。私がセーターを見せると彼は表、裏とひっくり返してから、ぶっきらぼうに、

「三ドル」

といった。

私はお金を払い、みんなが来るまでコンテナの後ろでじっと待っていた。女の子たちは山のように買物をして相当な金額を払っていた。しかしこのセーターが三ドルなら好みを無視すれば相当に安い買物だ。彼女たちは時計を見ながらあわてて戻ってきた。そして来たときと逆に、みんなから突き飛ばされるように車の中に押し込まれ、またすさまじい勢いで車をとばして帰った。

あの車は単に輸送用のコンテナだという。ショッピング・センターからの返品を請《う》け負《お》って帰る途中で、あの運転手たちが自分の小遣《こづか》い稼ぎのために、会社に返品しなければならない商品を、安い値段で勝手に売ってしまうんだというのである。彼らは少しでも小遣いが入ったほうがいいし、こっちも安く服が買えたほうがよいというわけ

なのだ。

「私たち悪いことしているわけじゃないのよ。ちゃんとお金を払って買ってきたんだから」

車を運転しながら彼女はいった。みんなもそうだそうだとうなずいている。

「あなたは運がよかったわよお。こんなこと年に二、三度しかないんだから」

私の隣りに座っている女の子がいった。

「安いのはいいけど誰に見られるかわからないから、コンテナの中にいるときはあせっちゃうわ。だからたまにとんでもないものを買ったりすることもあるんだ」

「そうそう、この間買ったのはひどい趣味だったわよ」

みんなはワッハッハと笑っていたが、早い話がこれは盗品を買ったのと同じことではないか。私もアメリカに来て悪の道に手を染めてしまった。

さすがに盗品買いのプロである彼女たちは、きっかり一時五分前に会社の駐車場に車を止めた。

「買ったものは部屋に持っていけないから、トランクに入れておいて帰りに渡すわ」

車の持ち主は私にそういい、みんなの戦利品とともに私のセーターを狭いトランクに押し込んだ。

「あら、みんなで食事にいったの」

私たちがぞろぞろ連なって部屋に入ってきた姿を見て、午後からのパートタイマーのおばさんがいった。

「いったんだけど、物凄《ものすご》く込んでいて入れなかったの」

運転担当の女の子が適当にごまかした。

「まあ、どこにいったの」

おばさんもなかなかしつこい。女の子が適当な店の名前をいうと、

「あそこは夜はいいけど昼はダメよ」

と、自分が知っているレストラン情報をごちゃごちゃいい始めた。

私たちは、はいはいとおとなしくいうことを聞いていた。そして話がひと区切りついたらすぐ食堂の自動販売機に走った。ターキー・サンドやハンバーガーを紙コップに入ったコーヒーで流し込みながら、彼女たちは、

「私たちは一応契約社員だけど、おばさんたちはパートタイムでしょ。私たちがああいうことやってるってわかると誰に喋《しゃべ》るかわからないから、このことは内緒なの」

といった。少しでも安く物を買おうとする彼女たちの根性には感心した。

おばさんの帰りの車に乗る前に、戦利品をもらっておこうと彼女とあれこれやっていると、おばさんがそれをめざとくみつけ、疑り深い目つきでこっちをじーっと見ていた。無事に品物を受け取りおばさんの車に乗ったとたんに、

「それはどうしたの」

と聞かれた。

「今日買ったの」

「どこで」

おばさんは冷たくいった。

「うー」

うなったり聞こえないふりをして何とかごまかそうとしたが、彼女はしつこくどこで買ったのか言えとすさまじい形相で迫ってくる。さすがの私もしらを切れず、きょうの出来事を喋ってしまった。

「本当にあの子たちはろくなことを教えないんだから」

とプリプリ怒りながら車をビュンビュンとばした。

「わかってるだろうね。今度同じことをやったら許さないよ」

おばさんは片手ハンドルで運転しながら、右手で私のほっぺたをグイグイ引っ張った。親でもないおばさんに何でこんなことをされなきゃなんないのかと思った。おばさんは彼女たちのことをめたクソに悪くいった。やったことに対して多少罪の意識はあったが、私にも安く服を買うチャンスを与えてやろうとしてくれたことは一種の親切だと解釈したのだが、おばさんは違った。私を悪の道に誘い込もうとしたとんでもない奴等だというのであった。

「日本にいるお母さんだって、このことを知ったら悲しむに決まっている」

おばさんは人情に訴えて話を正当化しようとしたが、うちの親の性格を知らないためこの作戦は何の役にも立たなかった。もしこういうことがあることを知ったら、うちの親の性格からして、絶対、

「私も行く」

というに決まっているからである。こんなときに屁理屈《へりくつ》をこねると何をされるかわからないので、黙ってしおらしくしていた。

おばさんは別れるときも冷たかった。あっさりバイバイといってブオーンと去っていった。私が養女になる気がないのがわかったので、捨てばちになったのかもしれない。私は久しぶりにスーパーマーケットに行ってみた。ドアを開けたとたんに化粧品売り場の女の子がとびついてきた。

サラダ売場のお兄ちゃんも「やあ」というふうに手を上げてにっこり笑った。私はうれしくなって、自分が使いもしないのに口紅を三本も買ってしまったのであった。

次の日、おばさんの機嫌は少し良くなっていた。私たちはあたりさわりのない話をして「ははは」と笑っているのが一番いいような気がした。会社に着くと人事担当のおじさんに呼ばれた。彼の感じの悪い秘書は私の顔を見て、ふふんと鼻の先で笑った。

この女は私がギャラをもらいに行くたんびに、「ほらお金よ。日本人はお金が好きでしょ」と嫌味をいいやがったのだ。彼は私をドアの所に立たせたまま、

「君、今度の金曜日に帰っていいよ」

とまるで運動部の合宿所から家に帰すような口ぶりで簡単にいった。あと十日しかなかった。あまりにあっさりいわれたので、何もいえずにつっ立っていると、彼は、

「何か私たちが準備しておくことがあるかね」

と事務的にいった。私は帰りは少しでも日本語が通じるほうがいいと思って、

「ノースウエストではなくてＪＡＬにして下さい」

と頼んだ。彼はうなずいて意地悪な秘書に何事か指図していた。

箱部屋に戻って、

「来週の金曜日に帰る」

というと、みんな、

「まあ！」

という感じの、溜息《ためいき》まじりの声を出した。

「せっかく英語も話せるようになったばかりだったのにねえ」

「日本に帰ってもちゃんと英語の勉強をするのよ」

おばさん連中は口々に、日本に帰っても一生懸命英語の勉強をして、また来るよう

にといった。若手は明るく、

「あーら、残念ねえ。あっという間だったわねえ」

という感じで、どちらかといえば自分の下まつげのマスカラの付き具合のほうが気になるようだった。そーっとアンドレ・ザ・ジャイアントおばさんのほうを見ると、部屋の隅っこで椅子《いす》に座って一人でいじけていた。「可哀想な巨人」という雰囲気だった。

私はその日、モーテルに帰ってから残された日々をどのように有効に過ごすか検討した。カメラを持ってきていないので記念になる写真も撮《と》れない。ふだんは会社に行かなければいけないので、今度の土日で何とかしないと、ただ日本とこの地を往復しただけで終ってしまうのである。

「一生消えない思い出とはなんぞや」

私はベッドの上にアグラをかき、腕組みをしてじーっと考えていた。外国での恋のアバンチュールも、こっちに来てすぐあきらめたのでパス。いまさらこっちでカメラを買って写真を撮り捲《まく》るのもバカバカしい。何が一番いいか考えた末、私はピアスをすることにした。当時はまだピアスは日本では一般的ではなかった。やってくれるところも少なかったし料金も高かった。友達同士で布団針で穴の開けっこをしている子もいたが、素人《しろうと》がやみくもに穴を開けるとあとから血がだらだらと流れてきたりして

どこでピアスをしてくれるのか聞いてみた。

怖《こわ》い。その点ここは本場であるから安心してピアスができる。私は次の日みんなに、

「パラムス・パークの店が一番！」

口を揃《そろ》えていった。パラムス・パークというのは何かちょっとした買物があるときに行っていた、あの大きなショッピング・センターである。まっかっかの糸を買ったのも、得体の知れないビーズを買ったのもここだった。みんなも何かとパラムス・パークに行っているようで、結局は田舎《いなか》のよろず屋とたいして変りがないのだった。二、三日中に行こうと心に決め、箱部屋で雑誌をめくっていたら、きれいなアクセサリーの写真が載っていた。しばらく眺めていたら突然むらむらと欲しくなってきた。

「一つくらいは買ったっていいわよね」

私は自分自身を納得させ、ホテルに帰ったら所持金の正しい確認をしなければと思った。アクセサリーを買うにはどこがいいかとみんなに聞いた。

「ブルーミングデールよ！」

また口を揃えていった。ブルーミングデールに行くには、バスに揺られてニューヨークまで一日がかりである。

「それではニューヨーク行きを土曜日にして、それから、えーと、ホテルの部屋も片づけなきゃいけないし……」

などとあれこれ考えていたら、もたもたしている暇などないくらい、毎日やらなければならないことが出てきた。

「あのねえ、ピアスしたら一週間後にチェックしなきゃならないから、なるべく早くしたほうがいいよ」

Ｆカップの巨乳の女の子が親切に教えてくれた。いくらこちらが本場だからといって、やはり体の一部に穴を開けるのはちょっとこわい。ここを発《た》つ直前に穴を開けて日本に帰って何事かが起こってしまい、病院にいっても、

「うちでやったんじゃないから知らないよ」

などとそっぽを向かれ、しまいに耳なし芳一になってしまったらえらいことである。私は何が起こっても対処できるように、今日すぐ会社の帰りに行くことにした。

パラムス・パークは相変らず混雑していた。この辺のよろず屋だから仕方がないのかもしれないが、中にあるレストランで家族そろって食事をするのか、ピラピラした服を着た子供たちもけっこういた。みんなに教えてもらった店は東西南北にのびたアーケードが交差するところにあった。間口が狭く、まるで中野のブロードウエイセンターにある化粧品店のようだった。店頭には歯医者さんにあるようなごっつい椅子《いす》が置いてあった。おそるおそる中をのぞくと、ナースのような格好をしたおばさんがいた。

「あの人が穴を開けるのかしら」

と店内をさぐっていると、まずいことに彼女と目が合ってしまった。おばさんは私が何もいわないのに、

「ハーイ」

と顔をシワだらけにして愛想よく笑いながらとび出してきた。

「あのー、ピアスを……やってもらえますか」

「もちろん、もちろん」

おばさんは待ってましたとばかりに、お道具が入っているらしい箱を持ってきた。人の耳に穴を開けるのが、心から好きなように見えた。

「はい、ここに座って」

彼女はニコニコして店の前に置いてある、歯医者の椅子を指さしていった。

「えっ？　ここ？」

「そう」

彼女はますますニコニコしながら、椅子のそばで私を手まねきした。こういうことはお医者さんの診察室のような密室で、こっそりやるのかと思っていた私はビックリした。店の前にはひっきりなしに人が通る。その公衆の面前で私は穴を開けられるのである。困ったなあ……と躊躇《ちゅうちょ》していたら、おばさんはものすごい力で私の手をひっ

ぱって椅子に座らせた。

「大丈夫だから心配しないで」

彼女はフフフフーンと明るく鼻歌をうたいながら箱の中からスプレーみたいなものを出した。私が椅子に座ると、通りを歩いている人々がだんだん集まってきた。なかには通りすぎていったくせに、子供の手をひいて戻ってくる母親もいた。みんなってもうれしそうな顔をして私のことを指さしている。金を払ってピアスをするというのに、私はいい見世物だった。アーケードの隅っこで、ダミ声でホコリがよくとれるエチケットブラシを売っているおっさんとたいして変りないじゃないの、と悲しくなってきた。おばさんは片手にスプレーを持って、さあ、やったるで、と張り切っている。

「本当に大丈夫でしょうね」

私は念を押した。耳なし芳一は絶対に嫌だ。おばさんも内心、こんなにゴチャゴチャいうんなら、どうしてピアスをしに来たんだろうと思ったに違いないが、そこはさすが商売人、笑みを絶やさず、

「まかしておきなさい」

というふうにうなずいている。

いよいよ見世物のはじまりである。見物人の中には私の正面に陣取って、目を輝か

せているガキもいる。まずおばさんはスプレーを私の耳にプシューとかけた。だんだん耳がじーんと冷たくなってきた。

「これはアルコールです」

おばさんはマジメな顔をしていった。

「こうすると消毒にもなるし、無感覚になるので痛みを感じません」

「ははあ、なるほど」

とうなずいたものの、心臓はドキドキしてくるばかりである。

「はい、こっち向いて」

おばさんは私の顎《あご》を左手でつかみ、正面からまじまじと見た。穴を開ける位置を確認しているようだった。そしておもむろに箱の中から小さな水鉄砲のようなものを取り出し、シャカシャカやりはじめたのである。

「何、何ですかそれは」

横目でドキドキしながらきくと、彼女はニッコリ笑って、

「これで穴を開けるの」

といって、私の目の前で動かしてみせた。それは引き金をひくと、弾が出るところから針が瞬間的にガシャッと音を立てて出入りする恐ろしい機械なのだった。彼女は相変らずニコニコしながら右手でその機械を動かしている。

「ひえーっ」

まさかこんなもので穴を開けるとは思ってもみなかった。私がビビればビビるほど見物人はニコニコした。本当に意地が悪い。おばさんは舌なめずりしながら水鉄砲型穴あけ機を握りしめて左の耳たぶに狙《ねら》いをつけた。そのとたん、ガクンという衝撃があって私は椅子《いす》の上でのけぞってしまった。おばさんは急いで金の玉のついたピアスを取り出し、それをぐいぐいと耳たぶの穴につっこんだ。痛くもかゆくもなかった。右のほうも同じようにやられた。たかだか耳に小さい穴をあけるのに、これだけの衝撃があるのだから、ピストルでお腹《なか》を撃たれたりしたら、さぞや痛かろうと恐ろしくなった。

私の両耳に無事ピアスが付くと、見物人どもは、

「何だ、おわってしまった」

というふうに、淡々と去っていった。

「やめてえ、やめてくれえ」

と手足をバタバタさせて必死に抵抗する私の体を股《もも》の間にはさみ、馬乗りになって無理矢理ピアスするおばさん、という状況になればみんな大喜びしたのだろうが、私は体がこわばってしまって椅子の上で固まっていたのである。

「ほら、きれいにできたでしょ」

おばさんは満足そうにいって私に鏡をみせた。

「下手《へた》な所で開けると、正面から見たときに穴の位置が左右ずれたりするんだけど、ちゃんと同じところに開いているでしょ」

彼女はそういって自慢した。たしかに左右同じ位置に金の玉はついていた。代金、九ドル八十セントを払うと、昔、家の薬箱に入っていた「キシロ軟膏《なんこう》」みたいな塗り薬と、注意書きのついたカードをくれた。おばさんは一週間後に必ずチェックに来ること、と念を押した。私は急いでホテルに帰って注意書きを一字一句ももらさないように辞書をひきひき訳した。そこには、毎日三回、アルコールで消毒したあと時計回りにピアスを回すこと、三か月間はワイヤーのものは使わないこと、六か月は十四金を使うこと、シャンプー液がかからないようにすること、と書いてあった。耳なし芳一にならないためには、これを守らなければならない。しかし私の手元にはアルコールがない。急いでフロントに行って、いつものやたらと明るいお兄ちゃんに、

「アルコールはありますか」

というと、きょとんとしている。私は両耳を出し、耳たぶを指さして、

「私はきょうピアスをした。だからアルコールが欲しいのである」

と説明した。彼はうんうん、とうなずいて奥からアルコールを小さなビンに入れて持ってきてくれた。離米の折りにはあの人のいいお兄ちゃんにも何かプレゼントをあ

げなければなるまい。寝る前にアルコール綿で傷口を拭《ふ》いて、おそるおそる金の玉をつまんでまわすと、別段痛みもなくピアスは耳たぶを貫通したまま、くるくると回っていた。

次の日、みんなはかわるがわる私の耳を見て、

「とってもいいわよ」

といった。とかく問題は多かったにしろ、彼女たちも気のいい人なのであった。私たちがわいわいやっていると、ガンガンとヒステリックなノックの音がきこえて、意地悪い秘書の女が顔を出した。そして私にむかって、

「チケット」

とひとことだけいって、人を小馬鹿にしたような顔をして出ていった。

「何よ、あの女」

「きどってんのよ、いつも」

「あの人、友達なんて一人もいないのよ」

みんなは嫌そうな顔をして彼女の悪口を並べたてた。チケットを確認しようと袋から出して、私はムッとした。JALに変更してくれといったのに、あの女は何の手続きもしていないのだった。私はあわてて人事のおじさんのところに走っていった。あの女はいなかった。かれは目をむいて何事かとたまげている。

「これはJALのチケットではない」

と抗議すると、彼はあわててチケットをにらんだ。

「ごめんなさい」

彼はとっても素直にあやまってくれた。しかしこれは彼の責任ではなく、あの秘書が悪いのである。

「すぐ手配するから」

彼は一人で机のまわりでゴソゴソやっていたが、私は帰ることができれば別にどこの飛行機でもよくなった。JALに乗ったら機内食でソバが出るくらいの違いしかないはずである。私はオロオロしている彼に、

「ノースウエストで帰る」

といった。

「そうか。どうしてこうなったか調べるから」

彼もホッとした顔をした。全く、あの女には最後まで不愉快な思いをさせられた。金をもらいにいくたんびにみせた、さも「自分があんたを雇っている」風の態度。顔さえ見れば金が欲しいのかときく嫌味な性格。そのくせチケットの変更をボケッと忘れている。もしかしてこれは私に対する最後の嫌がらせかと疑ったが、日本に帰れればいいので、「愚かな女め」とバカにしてウサ晴らしをすることにした。

土曜日は、一日がかりのニューヨーク・バスツアーであった。私の後ろの席には、みるからにうすらバカの若いカップルがいた。ソバカスだらけのあんちゃんは、

「どひゃひゃひゃひゃひゃ」

と大声で笑いながら、私が座っている席をドタ靴でケッとばした。静かになったので様子をうかがうと、二人はひしと抱き合って人目もはばからぬラブシーンの真最中なのであった。一時間、ドタ靴キックとベチョベチョいう音に悩まされながら、やっとこさバスターミナルについた。

私はハンバーガーとオニオンリングを買って、ブルーミングデールまで歩くことにした。41通りから60通りまで、マンハッタンを対角線に横断しなければならないので、食糧を準備しておかないと、お腹《なか》が減って行き倒れになりそうだった。相変らずすり寄ってくる白人のロリコンジジイの誘いを振り切り、私はとうとうブルーミングデールに到着した。赤や緑のディスプレイがこのデパートの元気のよさを表わしていた。化粧品売場には、白衣の売り子がいた。そこで初めて、私はクリニーク化粧品の存在を知った。アクセサリー売場には品のいい中年のおばさまがいて、私がおびえながら歩み寄っていくのを、にっこり笑いながらむかえてくれた。ショーケースをのぞくと、さすがパラムス・パークなんぞで売っている、ちゃちな子供だましとは違って、堂々としたアクセサリーが並んでいた。デザインより何より問題なのは値段だった。その

ほとんどが予算をはるかにオーバーしていて、予算内でおさまるものをみつけるのはひと苦労だった。もちろん金も銀もダメ。純度が低いスターリング・シルバーの指輪しか、買えるものはなかった。

おばさんは私の目つきで安いものを捜しているのを察知したのか、五個の指輪をさっと手早く選んで、私の目の前に並べた。ひとつひとつ手にとって眺めていると、

「遠慮しないで指にはめてみなさい」

という。ああだ、こうだと悩んでいると、彼女は、

「これが一番よく似合うと思うわ」

と、8の字が横になったようなデザインを指さした。値段もまあまあ、予算内でおさまりそうだった。二十五ドルだった。

「ちゃんと箱に入れてあげますからね」

おばさんは優しくいって、

「b l o o m i n g d a l e's 100」と淡いグレーの地に白ヌキ文字の小さな箱に指輪をいれて渡してくれた。店内をグルグルまわってみたが、その他には別に欲しいものは何もなかった。オーデコロンの計り売りや、莫大《ばくだい》な色数の化粧品など全部欲しいと思ったらキリがなく、あんなものはいらないのだと思ったら、本当に欲しくなくなってきた。私は指輪が入った箱をしっかりと握りしめて帰った。

月曜日、会社にいくと部屋の中がザワザワしていた。そして私の顔を見るなり、

「ウォーカーさんのところにいった？」

と人事のおじさんの名前をいった。まだだと答えると、みんなうれしそうな顔をして、

「あの女、クビになったのよ」

といった。先週の金曜日までツンケンしながらでかい態度で社内を歩いていたのにである。

「前からクビにしたかったのよ、きっと。彼女、あなたの飛行機のチケットのことでミスしたでしょ。あれがやめさせるいい口実になったんだわ」みんなは、それにしてもよかったよかったと喜んでいた。目をむいてたまげたウォーカー氏は私に「十日後に帰っていいよ」と軽くいったのと同じように、彼女に、

「キミ、来週から来なくていいよ」

といったのかもしれない。そーっとウォーカー氏の部屋をのぞいたら彼女が座っていた机の上はきれいに片づけられ名前が書かれたプレートが倒されていた。そして彼女の後釜《あとがま》は翌日からやってきた。前の女とは正反対の、めちゃくちゃに愛想のいい女の人だった。人情がらみでウジウジすることなく、ミスをしたらすぐクビで、人事異動も何て簡単なのだろうかと思った。

その日、若手の女の子のうちの一人が、私のためにケーキを焼いてきてくれた。

「これは上手《じょうず》にできたわねえ。この間のはひどかったのよ。あっちこっち真っ黒くなってたり、生のところもあったんだから」

「そうそう、あれはひどかった」

「あのときはまだ、オーブンの具合がわからなかったのよ」

私たちはワイワイいいながら、立ったまままでケーキを食べた。アンドレ・ザ・ジャイアントおばさんも仲間に入って、とりあえず明るくはしゃいでいたが、私の腕をつんつんと突っつき、

「木曜の晩、うちに来て御飯を食べなさい」

といった声は、とっても暗かった。彼女はだんだん元気がなくなっていた。木曜日はいったんホテルで降ろしてもらい、近所のヒッピーくずれの兄ちゃんの花屋で花を買って持っていった。ジョニーもキャッシュもらくだも元気だった。テーブルには山のようなサラダや大きなステーキが並んでいた。しかしそのステーキはただ大きいだけで嚙《か》み切ることができず、口に入れたら最後、丸のまま飲み込むしかなかった。おばさんはとても無口だった。その分らくだが、やたらと雰囲気を盛り上げようと、なんじゃかんじゃといっては、一人で、

「ハハハー」

と高笑いしていたが、その場の空気はますます暗くなるばかりであった。デザートのコーヒーを前にして、おばさんは突然、

「わーん」

と泣いてテーブルに突っ伏してしまった。私はもちろん、らくだもジョニーもキャッシュもみんなビックリした。健気にもジョニーとキャッシュは尻尾《しっぽ》を小さく振りながら、おばさんのそばにすり寄っていった。らくだは岩石にへばりついたセミみたいな格好で、突っ伏したおばさんの背中をなでさすっていた。

「まいっちゃったなあ……」

私はポリポリとほっぺたを掻《か》きながら、ことが穏便に処理されるように願うばかりであった。

ところが彼女は体中の水分が目から放出されているかの如く、延々と泣き続けた。そして、

「私は明日は見送りにいかない」

という。この状態では飛び去る飛行機を見て失神しかねないので、私も、

「それでいいです」

と答えるしかなかった。おばさんはヤツデのような手で、私のあげた花束を握りしめたまま離そうとしなかった。

とうとう帰る日がきたが、会社の人が見送りにくるわけでもなく、

「金は払ったから、さっさと帰れば」

という、あっけらかんとした感じだった。モーテルを出る直前におばさんから電話があったが、

「気をつけて帰るように」

といっただけだった。フロントのお兄ちゃんと、私が妻になりそこなった支配人にはお花をあげた。ホテルの前には会社がたのんだ空港まで私を運んでくれるおじさんが迎えにきていた。まっすぐケネディ空港に行くのかと思ったら、あっちこっちをまわって最後に空港に行くのだというのである。途中、とんでもないデブの中年姉妹が乗ってきて、私は後部座席の隅っこでぺったんこになっていた。ものすごい化粧品の匂《にお》いとすさまじい笑い声に頭がクラクラしてしまい、さわやかな旅立ちどころではなかった。

機内ではただコンコンと眠り続けた。何があったか何にも覚えていない。やっとこさ羽田空港についてビックリした。空気がものすごく臭い。

「日本ってこんなに臭いのか」

と思ったら、とっても恥ずかしくなった。梅雨《つゆ》どきのうっとうしい湿気と臭いに閉口したものの、私の体は一日寝たらすぐその環境に慣れてしまった。

そして体質にあわなかったのか、一年後にピアスの穴もふさがってしまった。行く前は、私の人生を変えるくらいの重大な出来事だと思っていたが、帰ってみたら、

「そんなこともあった」

くらいのことになっていた。英語がペラペラになったわけでもなく、とっても楽しいことがあったわけでもない。私はむこうでの生活を懐かしく思い出すこともあまりないまま、休んでいた間の講義のノートを借りるために友人にアメリカみやげをちらつかせる毎日を送っていた。

友人たちも私が少しは垢抜《あかぬ》けて帰ってくるかと思っていたのに、行く前と全然変っていないので拍子抜けしたようだった。毎日いろんなことがあったはずなのに、あんなことがあったなんて信じられなかった。しかしそれがウソでなかった証拠に私が帰って来た半年後、例の下着メーカーが鳴物入りで日本に上陸してきた。試しに買ってみたが、あたりまえのことだがまるで誂《あつら》えたように私にぴったりだった。

「バンバン売れるかしら」

と期待していたが、私の体型に合わせた下着が一般女性に売れるわけがなく、残念ながらその会社は日本市場の開拓をあきらめて、二年後にすごすごと引き上げていった。結局私はオーダー・メイドの下着をつくってもらって得をし、企業はドブに金を捨ててしまったのと同じという、悲惨なお話だったのであった。

初版あとがき

何とこの本が出来上がるまでに三年以上もかかってしまった。今後、本の雑誌社で発行される単行本で、この記録を破るものはないだろう。他社の編集者からも、

「あの本はまだ出ないんですか」

と何度もたずねられた。近所の書店にいって「私は群ようこの母親だ！」と宣言した我が母は、店員さんに、

「いつになったらあの本は出るんでしょうか」

と尋ねられて答えることができず、

「とんだ恥をかいた。さっさと書け」

と電話で怒っていた。他社から新しい本が出て、それを贈呈した人からは、

「てっきりアメリカに行ったときの本かと思いました」

などという、するどい手紙をもらってビビッたりもした。

何とか書き終り、初校ゲラをチェックしていると、三年以上書き続けたとは思えないほど、あっという間に終ってしまった。『大菩薩峠《だいぼさつとうげ》』のような超大作ならともかく、

たかだかこのくらいの分量に三年以上もかかってしまったのは、ひとえに私のサボリ癖のせいである。私のモットーである「明日できることを今日やるな」が災いしたのだ。

この本を書くときに参考にしたのは、当時、毎日何を食べて何にいくら使ったかを記入していた手帳である。よほど金が無くなるのが恐かったらしくて、コマメでない私が、毎日「残金〇〇ドル」と記入し、その横に「今日は食べすぎた。明日はニンジンをかじってガマンしよう」などと書いている。そこで暮したことは、私の人生に何の影響も及ぼしていない気がするけれどホテルに泊まって汚い格好でニンジンを丸かじりする生活は、なかなかよかった。

日本に帰ってきてからも、ガハハのおばさんは、みのむしに宇宙人の顔がくっついたような、へんてこな彫金のペンダントや、ニセひすいでできた象がパオーンと鼻を持ち上げたブローチなどを送ってきてくれたが、最近は何の音沙汰《おとさた》もなくなってしまった。念願の養女を手に入れて、彼女を溺愛《できあい》しているのかもしれない。みなさん元気で暮していれば、よいなと思う今日このごろである。

一九八七年十二月

群ようこ

初版解説

岸《きし》本《もと》　葉《よう》子《こ》

「はじめまして。私は、岸本葉子といいます。ＯＬをしながら本を出したものです。今日、はじめて群さんの本を読みました。新聞社の人に、『群ようこ（呼び捨てにしてすみません。その人のいったことを再現したらこうなりました）って知ってる？　やっぱＯＬしててもの書きになった人だよ。おもしろいよ』

といわれて、本屋さんで探して読んだのです。そして読み終った今は。明日からまた本屋さんで、『群ようこ』と書いた本を探します。ほんとうにおもしろかったです。

どうぞこれからもたくさん書いて下さい。楽しみにしています。お元気で。さようなら」

何をかくそう私は、五年前、群さんにファンレターを出したことがあるのです。これが、そのとき書いただいたいのこと。

渋谷の会社に勤めていた私は、そこに書いたように新聞社の人から群さんのことを聞いて、会社の帰りさっそく本屋へ。ちょうどあった「別人『群ようこ』のできるまで」を買い、井の頭線の各駅停車でしっかりと座って読んだ。終点の吉祥寺で下りてもそのままホームで読み続け、アパートに着くや、便箋に向かったのだ。

その頃私は、最初の本が出たばかりで、いってみれば「別人『岸本葉子』のできかかり」の頃。会社の行き帰りの電車でも、

「元気が出る特集・私の転機」

「今だから語る・有名人の転機・あのとき私は」

などという女性誌の吊り広告がなんとなく気になる頃だった。

けれどもそういう特集を読んでみても、途中まではふんふん同じ、同じとうなずきながら読んでても、さあそれで、というところで、

「そんなとき、映画監督をしているおじが、自分の映画に出てみないかと誘ってくれたんです」

とか、

「そこで私は、ふと思い立ってパリへと旅立ったんです」

とかウルトラCを出され、どっと裏切られてしまうのだ。そんな「映画監督をして

いるおじ」も「ふと思い立ってパリへと旅立」てるお金もない、「ふつうの人」はどうすればいいの、いいんだ。いいんだ、どうせ本に出てくるような人は特別な人なんだ、となって、元気が出るどころかますます元気をなくしてしまうのだ。

「別人『群ようこ』のできるまで」は、ふつうの人である私を最後まで裏切らず、元気にしてくれ、しかもとってもおもしろかった。そんなわけで、ファンレターを書くことに。なにしろ、スター、漫画家の先生あわせてもファンレターというものを出すのははじめてのこと。書いたはいいけどどこへ出したらいいかわからなくて、本の後ろにあった出版社の住所を書いて、翌朝会社の行きがけに駅前のポストに入れた。群さんに届くといいなあと思いながら。

学生の頃の群さんじゃないけど、OLの頃の私は守銭奴と化していた。私の場合は、北京に行くため。どうして北京だったのか自分でもわからないけど、たまったまやはりOLをしてた友だちで北京に行った人がいて、そこが中国のどのへんなのかも知らぬまま、

「北京に行けば、何かがある！」

と思い込んでいたのである。

外食はお金がかかるのでお昼にはお弁当を持参し、

「私もうボーナス一括、手つけちゃったー」

「えー、何買ったの」

などなどという同僚たちの会話を、にこにことお箸を動かしつつ聞きながら、しっかりと財形してたりしたのである。

財形でどうにか留学するお金ができ（私の行った留学は中国語力はまったく問わず、はっきりいって、お金と健康な体さえあれば行けてしまうものだったのです）、もうすぐ北京へ行くことに。ある日のこと、会社から帰ると、アパートのポストに茶色の大きな封筒が刺さってる。開けてみると、「無印良女《ひん》」。なんと群さんのサイン入り。

あのファンレター、届いたんだ！

その本が私といっしょに北京に行き、留学の間じゅう宿舎の私の部屋の本棚に立っていたことは、いうまでもありません。


さて、北京で。留学生宿舎には日本人も多かったし、食事も留学生食堂で食べるので「開飯時間」に遅れさえしなければ、ありつけないようなこともない。会社に通うのが教室に通うようになったほかは、なんということもない日々を送っていた。

ある日、宿舎の友だちが「中国鉄路時刻表」なる本を買ってきた。

「へー。どこで買ったの」

「北京駅。宿舎で売ろうと思って十冊買ってきた」

「売って、売って」

出ぶしょうで、修学旅行以外に国内旅行すらしたことのない私は、日本の中国の問わず時刻表というものを見るのは、そのときがはじめてだった。

網の目のような路線図を見ていると、上海という地名が目に入った。上海なら、私も聞いたことある。

そこで、ふと考えた。電車が通っているということは、そこへ行く切符が売ってるはずだ。ということは、切符を買って電車に乗れば、私でも行けるということだ。そしたら、ほんとに行けてしまった。

行く前は、この私があの上海に行くなんて、すごい思いつきのような気がしてたけど、いざ行ってしまうと、そんなにすごいことでもなかった。テレビのドキュメンタリーみたいに、歩く通りごとに「上海・何々通り」という字幕が出てくれるわけでもないし、なによりも歩いている本人が私だから、すごくなりようがないのである。そのうち「開飯時間」が気になり出し（中国の食堂はたいていが、昼なら十二時から一時の開飯時間しかあいておらず、それを過ぎるとお昼を食べそこねてしまうのです）、大急ぎで歩いたりしてるうちに、へたするとここが上海であることさえ忘れてたりするのである。

これといったこともないまま北京に帰り、ふたたび留学生宿舎の日々に。けれども不思議なもので、そんな旅でも、しばらくするとなんかまた行きたくなってくるのだ。そんなふうにして、私のひとり旅歴ははじまったのでした。

北京から帰って、よくいわれる。

「向こうで何してきたの」

うーむ。何といわれても。中国語がぺらぺらになって帰ってきたわけでもないし、人づき合いのわるい私のことだから中国人の友だちができたわけでもない。中国の異文化にふれて人間が大きくなったわけでは、ましてやない。答えようがなくて、

「旅ぐらいかなあ」

と逃げてしまうのだ。

「旅したんだってね。よく行くねえ。まさに『女ひとり中国を行く！』ってやつだね」ともいわれる。うーむ、それも。私は、バックパックひとつでどこへでも行っちゃうみたいな方じゃないし、ゴートウやゴーカンは、とてもこわいし、ムリするよりはラクしたい方だし、それほどグルメとかおしゃれではないけど、せっかく上海に来たんだったら上海包子を食べてみたい、北京ではなかなか売ってない刺繍つきのカーディガンを買って帰りたい、くらいは思う方。

つまりは、ふつうに旅してるだけなのだ。

そんな私なので、この本の中でも群さんが別にアメリカにトツゲキしてくわけでもなく、ホテルでのんべんだらりとしてたり、せっかくだからひとつという感じでピアスを入れてみたりブルーミングデールの店をのぞいてみたり、そういう、いわゆる「女ひとり！」ものにあるまじき、限りなくふつうの行動パターンをしてるところが、読んでてうれしくなってしまう。

「英語がペラペラになったわけでもなく、とっても楽しいことがあったわけでもない」

「そこで暮したことは、私の人生に何の影響も及ぼしていない気がするけれどホテルに泊まって汚い格好でニンジンを丸かじりする生活は、なかなかよかった」

そういう、なんっにもならない時間が人生の中にあってもいいような気がして私は旅をするのかもしれない、と思ったりもするのである。

「ふつうっていうのは文字になりにくいからねえ」

とは、五年前群さんのことを教えてくれた新聞社の人が、ことあるごとにいうことば。人ものとかの記事に、特別なことをしているでもないほんとにふつうの人に登場してもらいたくても、それではなかなか記事にならないのだとか。

「そうですねえ」

例の「私の転機」みたいな雑誌を思い出しながら、私もうなずく。

そうすると、群さんは、ふつうということを文字にすることができてる数少ない人なのかも知れない。

「無印ＯＬ物語」「無印結婚物語」と次々と本は出るけど、無印が印《ブランド》にならない。そんなところが私はファンで、あいかわらず本屋に行っては群さんの本を探すのである。

本書は、一九八七年に本の雑誌社刊『アメリカ恥かき一人旅』を
書名変更し、九一年一月に角川文庫として刊行したものです。

アメリカ居《い》すわり一人旅《ひとりたび》

群《むれ》ようこ

平成３年 １月25日 初版発行
平成31年 ２月25日 改版初版発行
平成31年 ３月25日 改版再版発行

発行者●郡司 聡

発行●株式会社KADOKAWA
〒102-8177 東京都千代田区富士見2-13-3
電話 0570-002-301（ナビダイヤル）

角川文庫 21413

印刷所●株式会社暁印刷
製本所●株式会社ビルディング・ブックセンター

表紙画●和田三造

ISBN 978-4-04-107921-8 C0195

◇◇◇

角川文庫発刊に際して

角川源義

第二次世界大戦の敗北は、軍事力の敗北であった以上に、私たちの若い文化力の敗退であった。私たちの文化が戦争に対して如何に無力であり、単なるあだ花に過ぎなかったかを、私たちは身を以て体験し痛感した。西洋近代文化の摂取にとって、明治以後八十年の歳月は決して短かすぎたとは言えない。にもかかわらず、近代文化の伝統を確立し、自由な批判と柔軟な良識に富む文化層として自らを形成することに私たちは失敗して来た。そしてこれは、各層への文化の普及滲透を任務とする出版人の責任でもあった。

一九四五年以来、私たちは再び振出しに戻り、第一歩から踏み出すことを余儀なくされた。これは大きな不幸ではあるが、反面、これまでの混沌・未熟・歪曲の中にあった我が国の文化に秩序と確たる基礎を齎らすためには絶好の機会でもある。角川書店は、このような祖国の文化的危機にあたり、微力をも顧みず再建の礎石たるべき抱負と決意とをもって出発したが、ここに創立以来の念願を果すべく角川文庫を発刊する。これまで刊行されたあらゆる全集叢書文庫類の長所と短所とを検討し、古今東西の不朽の典籍を、良心的編集のもとに、廉価に、そして書架にふさわしい美本として、多くのひとびとに提供しようとする。しかし私たちは徒らに百科全書的な知識のジレッタントを作ることを目的とせず、あくまで祖国の文化に秩序と再建への道を示し、この文庫を角川書店の栄ある事業として、今後永久に継続発展せしめ、学芸と教養との殿堂として大成せんことを期したい。多くの読書子の愛情ある忠言と支持とによって、この希望と抱負とを完遂せしめられんことを願う。

一九四九年五月三日

角川文庫ベストセラー

二人の彼　群　ようこ

こっそり会社を辞めた不甲斐ない夫、ダイエットに一喜一憂する自分。自分も含め、周りは困った人と悩ましい出来事ばかり。ささやかだけれど大切な〝思い〟をつめこんだ誰もがうなずく10の物語。

三味線ざんまい　群　ようこ

固い決意で三味線を習い始めた著者に、次々と襲いかかる試練。西洋の音楽からは全く類推不可能な旋律、はじめての発表会での緊張——こんなに「わからないことだらけ」の世界に足を踏み入れようとは！

しいちゃん日記　群　ようこ

ネコと接して、親馬鹿ならぬネコ馬鹿になることを、「ネコにやられた」という——女王様ネコ「しい」と、御歳18歳の老ネコ「ビー」がいる幸せ。天下のネコ馬鹿が贈る、愛と涙がいっぱいの傑作エッセイ。

財布のつぶやき　群　ようこ

家のローンを払い終えるのはずっと先。毎年の税金問題も悩みの種。節約を決意しては挫折の繰り返し。〝おひとりさまの老後〟に不安がよぎるけど、本当の幸せって何だろう。暮らしのヒントが詰まったエッセイ。

三人暮らし　群　ようこ

しあわせな暮らしを求めて、同居することになった女3人。一人暮らしは寂しい、家族がいると厄介。そんな女たちが一軒家を借り、暮らし始めた。さまざまな事情を抱えた女たちが築く、3人の日常を綴る。

角川文庫ベストセラー

むかし・あけぼの (上)(下)　田辺聖子

おちくぼ姫　田辺聖子

田辺聖子の小倉百人一首　田辺聖子

ジョゼと虎と魚たち　田辺聖子

人生は、だましだまし　田辺聖子

美しいばかりでなく、朗らかで才能も豊か。希な女主人の定子中宮に仕えての宮中暮らしは、家にひきこもっていた清少納言の心を潤した。平成の才女の綴った随想『枕草子』を、現代語で物語る大長編小説。

貴族のお姫さまなのに意地悪い継母に育てられ、召使い同然、粗末な身なりで一日中縫い物をさせられている、おちくぼ姫と青年貴公子のラブ・ストーリー。千年も昔の日本で書かれた、王朝版シンデレラ物語。

百首の歌に、百人の作者の人生。千年歌いつがれてきた魅力を、縦横無尽に綴る、楽しくて面白い小倉百人一首の入門書。王朝びとの風流、和歌をわかりやすく、軽妙にひもとく。

車椅子がないと動けない人形のようなジョゼと、管理人の恒夫。どこかあやうく、不思議にエロティックな関係を描く表題作のほか、さまざまな愛と別れを描いた短篇八篇を収録した、珠玉の作品集。

生きていくために必要な二つの言葉、「ほな」、と「そやね」。別れる時は「ほな」、相づちには、「そやね」といえば、万事うまくいくという。窮屈な現世でほどほどに楽しく幸福に暮らす方法を解き明かす生き方本。

角川文庫ベストセラー

残花亭日暦　田辺聖子

96歳の母、車椅子の夫と暮らす多忙な作家の生活日記。仕事と介護を両立させ、旅やお酒を楽しもうとあれこれ工夫する中で、最愛の夫ががんになった。看病、入院そして別れ。人生の悲喜が溢れ出す感動の書。

私の大阪八景　田辺聖子

ラジオ体操に行けば在郷軍人の小父ちゃんが号令をかけ、英語の授業は抹殺され先生はやめてしまった。押し寄せる不穏な空気、戦争のある日常。だが中原淳一の絵に憧れる女学生は、ただ生きることを楽しむ。

四十路越え！　湯山玲子

四十路の恋愛は、現世利益のせめぎ合い。「すべては自分から」という心意気で。性、仕事、美容、健康。四十代での早すぎる退廃を避け、現代を生き抜く具体的アドバイスに満ちた、金言エッセイ集！

四十路越え！　戦術篇　湯山玲子

遊び、友情、結婚、社交、お金、教養。四十歳を超えたら、必要なのは「豊かな贅肉」だ。パーティでは「客を緊張させる仕掛け」を。贈り物で自己ブランディング。具体的アドバイス、眼からウロコのエッセイ！

男をこじらせる前に　湯山玲子

「男の価値」を決めるヒエラルキーは激変した。これからの男性に必要なのは、コミュ力とネットワーク力、そしてこころに女性を住まわせること。男は自信を持ち直し、女は男への対処法がわかる必読エッセイ！